L'ART D'AIMER

OVIDE

FV ÉDITIONS

TABLE DES MATIÈRES

NOTICE SUR OVIDE

Ovide (Publius Ovidius Naso), naquit à Sulmone, dans l'Abruzze citérieure, le 13 des calendes d'avril, ou le 20 mars de l'an 711 de Rome, 45 ans avant l'ère chrétienne. Le surnom de Naso qu'il hérita de sa famille avait, dit-on, été donné à un de ses aïeux, à cause de la proéminence de son nez, comme celui de Cirero, illustré par le grand orateur de ce nom, lui était venu de l'un de ses pères, remarquable aussi par une petite excroissance placée à l'extrémité du nez, et ressemblant à un pois chiche. Ovide fut élevé à Rome et y fréquenta les écoles des maîtres les plus célèbres, avec son frère Lucius, plus âgé que lui d'une année, et qui mourut à vingt ans. Un penchant irrésistible entraînait Ovide vers la poésie ; il consentit toutefois à étudier pour le barreau, pour obéir à l'expresse volonté de son père, qui appelait les vers une occupation stérile et Homère un indigent. Il promit de renoncer à la poésie, qui était déjà comme sa langue naturelle, et de n'écrire désormais qu'en prose ; il l'essaya : "Mais les mots, nous dit-il, venaient d'eux-mêmes se plier à la mesure et faisaient des vers de tout ce que j'écrivais." Une si impérieuse vocation, au lieu de désarmer son père, ne fit que l'irriter davantage ; et l'on prétend qu'il ne s'en tint pas toujours aux remontrances ; mais, poète en dépit de lui-même, Ovide, tandis qu'on le châtiait, demandait grâce dans la langue des muses, et c'était en vers qu'il s'engageait n'en plus faire.

Presque tous les biographes d'Ovide s'accordent à lui donner pour maîtres, dans l'art de l'éloquence Plotius Grippus, le plus habile grammairien de l'époque, au jugement de Quintilien, Arellius Fuscus, rhéteur à la diction élégante et fleurie, et Portius Latro, dont notre poète mit plus tard en vers la plupart des sentences. Sénèque le rhéteur nous apprend qu'il composa, dans sa jeunesse, des déclamations qui eurent un grand succès ; il se rappelle surtout lui avoir entendu déclamer "la controverse sur le serment du mari et de la femme," sujet souvent proposé dans les écoles, et qu'Ovide pouvait traiter avec une sorte d'autorité, ayant, déjà épousé ou plutôt répudié deux femmes. Il alla ensuite se perfectionner à Athènes dans l'étude des belles-lettres et de la philosophie, et visita, avec le poète Macer, son parent, les principales villes de la Sicile, de la Grèce et de l'Asie-Mineure. Une biographie, qui se voit en tête d'un ancien manuscrit de ses oeuvres, le fait servir en Asie sous Varron ; mais cette assertion est contredite par plusieurs passages de ses poésies, on il parle et se vante presque de son inexpérience militaire. C'est du moins comme poète qu'il signala son entrée dans le monde. Il nous dit lui-même que lorsqu'on coupa sa première barbe, cérémonie importante chez les Romains, il lut des vers au peuple assemblé, peut-être un épisode de son poème sur la guerre des géants, une des productions, aujourd'hui perdues, de sa jeunesse.

Un passage de Sénèque le rhéteur ferait croire qu'ayant surmonté son dégoût pour l'étude aride des lois romaines, Ovide était entré dans la carrière du barreau et qu'il plaida plusieurs causes avec succès. Ce qui est certain c'est que les premières charges dont il fut revêtu appartenaient à la magistrature, où il exerça successivement les fonctions d'arbitre, de juge et de triumvir. Élu ensuite membre du tribunal suprême des centumvirs, il le devint bientôt du décemvirat, dignité qui fut la dernière qu'on lui conféra. L'auteur de l'Art d'aimer, s'il faut s'en rapporter à son propre témoignage, déploya dans l'exercice de ces charges des vertus et des talents qui le firent distinguer des Romains. Il se montra mène si pénétré de l'importance de ses devoirs publics, qu'il refusa, dans la seule crainte de ne la pouvoir soutenir avec assez d'éclat, la dignité de sénateur, déjà bien déchue cependant, et à laquelle l'appelaient à la fois sa naissance et ses services. "J'étais d'ailleurs sans ambition, nous dit-il, et je n'écoutai que la voix des Muses, qui me conseillaient les doux loisirs." Il l'écouta si bien que le charme des doux loisirs faillit l'enlever même au culte des Muses ; mais l'amour l'y rendit. "Mes jours, dit-il, s'écoulaient dans la paresse ; le lit et l'oisiveté avaient déjà énervé mon âme, lorsque le désir de plaire à une jeune beauté vint mettre un terme à ma honteuse apathie."

Dès qu'Ovide eut pris rang parmi les poètes, et qu'il se crut des titres à l'amitié des plus célèbres d'entre eux, il la brigua comme la plus haute faveur, "les vénérant, selon ses expressions, à l 'égal des dieux, les aimant à l'égal de lui-même." Mais il était destiné à leur survivre et à les pleurer. Il ne fit, pour ainsi dire, qu'entrevoir Virgile (*Virgilium vidi tantum*) ; Horace ne put applaudir qu'aux débuts de sa muse ; il ne fut pas donné à Properce et à Gallus, les premiers membres, avec Tibulle, d'une petite société littéraire formée par Ovide, et les premiers confidents de ses vers, de voir sa gloire et ses malheurs. Liés par la conformité de leurs goûts et de leurs talents, aussi bien que par le singulier rapprochement de leur âge (ils étaient nés tous deux la même année et le même jour), Ovide et Tibulle devinrent inséparables ; et quand la mort du dernier vint briser une union si tendre, Ovide composa devant le bûcher de son ami une de ses plus touchantes élégies.

Ses parents et ses amis, presque tons courtisan d'Auguste, le désignèrent bientôt à sa faveur, et le premier témoignage de distinction publique que le poète reçut du prince fut le don d'un beau cheval, le jour d'une des revues quinquennales des chevaliers romains. Issu d'aïeux qui l'avaient tous été, il s'était lui-même trouvé dans les rangs des chevaliers, dans deux circonstances solennelles, c'est-à-dire quand cet ordre salua Octave du nom d'Auguste, et, plus tard, de celui de Père de la patrie. (...)

L'Art d'Aimer

Ovide, après avoir chanté l'amour, voulut en donner des leçons, fruit d'une heureuse expérience, et composer, pour ainsi dire, le code de la tendresse ou plutôt de la galanterie : il écrivit L'Art d'aimer. On l'a souvent accusé d'avoir, par cet ouvrage, ajouté à la dépravation des moeurs romaines ; mais rien n'y approche de la licence obscène de plusieurs pièces de Catulle et de quelques odes d'Horace. Eût-il osé, s'il se fût cru lui-même aussi coupable, s'écrier devant ses contemporains : "Jeunes beautés, prêtez l'oreille à mes leçons ; les lois de la pudeur vous le permettent : je chanterai les ruses d'un amour exempt de crime, et mes vers n'offriront rien que l'on puisse condamner !" Si ces mots ne sont pas une secrète ironie ou un piège adroit tendu à l'innocence curieuse des jeunes filles, ils montrent en lui, ainsi qu'on l'a remarqué, une singulière illusion. Martial lui-même, il est vrai, dit aussi de ses vers que les jeunes filles pourront les lire sans danger ; mais ces exemples semblent au moins prouver que beaucoup d'expressions dont l'impureté nous blesse n'avaient pas chez les anciens ce caractère et cette portée. Le véritable tort d'Ovide est d'avoir enseigné non pas l'amour, mais à s'en faire un jeu, à en placer le plaisir dans l'inconstance et la gloire dans l'art de tromper sans cesse. Il fut au reste, et c'était justice, la première victime de sa science pernicieuse ; car sa meilleure élève fut sa maîtresse elle-même, laquelle, un jour, le trahit même en sa présence, et tandis qu'il feignait de dormir après un joyeux souper.

L'Art d'aimer obtint un grand succès à Rome ; on ne se contenta pas de le lire, on le mit en ballet, et il fut pendant longtemps le sujet de représentations mimiques, où l'on en déclamait des passages toujours applaudis. Ovide continua de jouir de la faveur d'Auguste, bien qu'il se bornât à le flatter dans ses vers et fréquentât peu le palais des Césars ; car, malgré la licence de ses écrits, ses goûts étaient restés simples et ses moeurs devenues presque austères. Il se plaisait à cultiver lui-même la terre de ses jardins, à greffer ses arbres, à arroser ses fleurs. Il n'aimait point le jeu. A table, il mangeait peu et ne buvait guère que de l'eau, et il est presque le seul des anciens qui, à l'occasion de l'amour, n'en ait pas, comme on l'a dit, chanté le plus déplorable égarement. Il ne connut point l'envie ; aussi (et il se plaît à le rappeler souvent) la satire respecta-t-elle et ses ouvrages et ses moeurs.

M. Nisard
(extrait de : Notice sur Ovide, *in* OVIDE, *OEUVRES COMPLÈTES*, M. NISARD (Dir.), PARIS, J.-J. DUBOCHET ET COMPAGNIE, ÉDITEURS, 1838.)

L'ART D'AIMER

LIVRE I

Si parmi vous, Romains, quelqu'un ignore l'art d'aimer, qu'il lise mes vers ; qu'il s'instruise en les lisant, et qu'il aime.

Aidé de la voile et de la rame, l'art fait voguer la nef agile ; l'art guide les chars légers. L'art doit aussi guider l'amour. Automédon, habile écuyer, sut manier les rênes flexibles ; Tiphys fut le pilote du vaisseau des Argonautes. Moi, Vénus m'a donné pour maître à son jeune fils. On m'appellera le Tiphys et l'Automédon de l'Amour.

L'Amour est de nature peu traitable ; souvent même il me résiste ; mais c'est un enfant : cet âge est souple et facile à diriger. Chiron éleva le jeune Achille aux sons de la lyre, et, par cet art paisible, dompta son naturel sauvage. Celui qui tant de fois fit trembler ses ennemis, qui tant de fois effraya même ses compagnons d'armes, on le vit, dit-on, craintif devant un faible vieillard et docile à la voix de son maître, tendre au châtiment des mains dont Hector devait sentir le poids. Chiron fut le précepteur du fils de Pélée ; moi je suis celui de l'Amour ; tous deux enfants redoutables, tous deux fils d'une déesse. Mais on soumet au joug le front du fier taureau ; le coursier généreux broie en vain sous sa dent le frein qui l'asservit. Moi aussi, je réduirai l'Amour, bien que son arc blesse mon coeur, et qu'il secoue sur moi sa torche enflammée. Plus ses traits sont aigus, plus ses feux sont brillants, plus ils m'excitent à venger mes blessures.

Je ne chercherai point, ô Phébus, à faire croire que je tiens de toi l'art que j'enseigne : ce n'est point le chant des oiseaux qui me l'a révélé ; Clio et ses soeurs ne me sont point apparues, comme à Hésiode, lorsqu'il paissait son troupeau dans les vallons d'Ascra. L'expérience est mon guide ; obéissez au poète qui possède à fond son sujet. La vérité préside à mes chants ; toi, mère des amours, seconde mes efforts !

Loin d'ici, bandelettes légères, insignes de la pudeur, et vous, robes traînantes, qui cachez à moitié les pieds de nos matrones ! Je chante des plaisirs sans danger et des larcins permis : mes vers seront exempts de toute coupable intention.

Soldat novice qui veux t'enrôler sous les drapeaux de Vénus, occupe-toi d'abord de chercher celle que tu dois aimer ; ton second soin est de fléchir la femme qui t'a plu ; et le troisième, de faire en sorte que cet amour soit durable. Tel est mon plan, telle est la carrière que mon char va parcourir, tel est le but qu'il doit atteindre.

Tandis que tu es libre encor de tout lien, voici l'instant propice pour choisir celle à qui tu diras : «Toi seule as su me plaire». Elle ne te viendra pas du ciel sur l'aile des vents ; la belle qui te convient, ce sont tes yeux qui doivent la chercher. Le chasseur sait où il doit tendre ses filets aux cerfs ; il sait dans quel vallon le sanglier farouche a sa bauge. L'oiseleur connaît les broussailles propices à ses gluaux, et le pêcheur n'ignore pas quelles sont les eaux où les poissons se trouvent en plus grand nombre. Toi qui cherches l'objet d'un amour durable, apprends aussi à connaître les lieux les plus fréquentés par les belles. Tu n'auras point besoin, pour les trouver, de mettre à la voile, ni d'entreprendre de lointains voyages. Que Persée ramène son Andromède du fond des Indes brûlées par le soleil ; que le berger phrygien aille jusqu'en Grèce ravir son Hélène ; Rome seule t'offrira d'aussi belles femmes, et en si grand nombre, que tu seras forcé d'avouer qu'elle réunit dans son sein tout ce que l'univers a de plus aimable. Autant le Gargare compte d'épis, Méthymne de raisins, l'Océan de poissons, les bocages d'oiseaux, le ciel d'étoiles, autant notre Rome compte de jeunes beautés :

Vénus a fixé son empire dans la ville de son cher Enée.

Si, pour te captiver, il faut une beauté naissante, dans la fleur de l'adolescence, une fille vraiment novice viendra s'offrir à tes yeux ; si tu préfères une beauté un peu plus formée, mille jeunes femmes te plairont, et tu n'auras que l'embarras du choix. Mais peut-être un âge plus mûr, plus raisonnable, a pour toi plus d'attraits ? alors, crois-moi, la foule sera encore plus nombreuse.

Lorsque le soleil entre dans le signe du Lion, tu n'auras qu'à te promener à pas lents sous le frais portique de Pompée, ou près de ce monument enrichi de marbres étrangers que fit construire une tendre mère, joignant ses dons à ceux d'un fils pieux. Ne néglige pas de visiter cette galerie qui, remplie de tableaux antiques, porte le nom de Livie, sa fondatrice : tu y verras les Danaïdes conspirant la mort de leurs infortunés cousins, et leur barbare père, tenant à la main une épée nue. N'oublie pas non plus les fêtes d'Adonis pleuré par Vénus, et les solennités que célèbre tous les sept jours le juif syrien. Pourquoi fuirais-tu le temple de la génisse de Memphis, de cette Isis qui, séduite par Jupiter, engage tant de femmes à suivre son exemple ? Le Forum même (qui pourrait le croire ?) est propice aux amours ; plus d'une flamme a pris naissance au milieu des discussions du barreau. Près du temple de marbre consacré à Vénus, en ce lieu où la fontaine Appienne fait jaillir ses eaux, souvent plus d'un jurisconsulte se laisse prendre à l'amour ; et celui qui défendit les autres ne peut se défendre lui-même. Là, souvent les paroles manquent à l'orateur le plus éloquent ; de nouveaux intérêts l'occupent, et c'est sa propre cause qu'il est forcé de plaider. De son temple voisin, Vénus rit de son embarras : naguère patron, il n'aspire plus qu'à être client.

Mais c'est surtout au théâtre qu'il faut tendre tes filets : le théâtre est l'endroit le plus fertile en occasions propices. Tu y trouveras telle beauté qui te séduira, telle autre que tu pourras tromper, telle qui ne sera pour toi qu'un caprice passager, telle enfin que tu voudras fixer. Comme, en longs bataillons, les fourmis vont et reviennent sans cesse chargées de grains, leur nourriture ordinaire ; ou bien encore comme les abeilles, lorsqu'elles ont trouvé, pour butiner, des plantes odorantes, voltigent sur la cime du thym et des fleurs ; telles, et non moins nombreuses, on voit des femmes brillamment parées courir aux spectacles où la foule se porte. Là, souvent, leur multitude a tenu mon choix en suspens. Elles viennent pour voir, elles viennent surtout pour être vues : c'est là que vient échouer l'innocente pudeur.

C'est toi, Romulus, qui mêlas le premier aux jeux publics les soucis de l'Amour, lorsque l'enlèvement des Sabines donna enfin des épouses à tes guerriers. Alors la toile, en rideaux suspendue, ne décorait pas des théâtres de marbre ; le safran liquide ne rougissait pas encore la scène. Alors des guirlandes de feuillage, dépouille des bois du mont Palatin, étaient l'unique ornement d'un théâtre sans art. Sur des bancs de gazon, disposés en gradins, était assis le peuple, les cheveux négligemment couverts de feuillage.

Déjà chaque Romain regarde autour de soi, marque de l'oeil la jeune fille qu'il convoite, et roule en secret dans son coeur mille pensers divers. Tandis qu'aux sons rustiques d'un chalumeau toscan un histrion frappe trois fois du pied le sol aplani, au milieu des applaudissements d'un peuple qui ne les vendait pas alors, Romulus donne à ses sujets le signal attendu pour saisir leur proie. Soudain ils s'élancent avec des cris qui trahissent leur dessein, et ils jettent leurs mains avides sur les jeunes vierges. Ainsi que des colombes, troupe faible et craintive, fuient devant un aigle ; ainsi qu'un tendre agneau fuit à l'aspect du loup ; ainsi tremblèrent les Sabines, en voyant fondre sur elles ces farouches guerriers. Tous les fronts ont pâli. L'épouvante est partout la même, mais les symptômes en sont différents. Les unes s'arrachent les cheveux, les autres tombent sans connaissance ; celle-ci pleure et se tait ; celle-là appelle en vain sa mère ; d'autres poussent des sanglots, d'autres restent plongées dans la stupeur. L'une demeure immobile, l'autre fuit. Les Romains cependant entraînent les jeunes filles, douce proie destinée à leur couche, et plus d'une s'embellit encore de sa frayeur même. Si quelqu'une se montre trop rebelle et refuse de suivre son ravisseur, il l'enlève, et la pressant avec amour sur son sein : «Pourquoi, lui dit-il, ternir ainsi par des pleurs l'éclat de tes beaux yeux ? Ce que ton père est pour ta mère, moi, je le serai pour toi...»

O Romulus ! toi seul as su dignement récompenser tes soldats. A ce prix, je m'enrôlerais volontiers sous tes drapeaux. Depuis, fidèles à cette coutume antique, les théâtres n'ont pas cessé, jusqu'à ce jour, de tendre des pièges à la beauté.

N'oublie pas l'arène où de généreux coursiers disputent le prix de la course ; ce cirque, où se rassemble un peuple immense, est très favorable aux amours. Là, pour exprimer tes secrets sentiments, tu n'as pas besoin de recourir au langage des doigts, ou d'épier les signes, interprètes des pensées de ta belle. Assieds-toi près d'elle, côte à côte, le plus près que tu pourras : rien ne s'y oppose ; le peu d'espace te force à la presser, et lui fait, heureusement pour toi, une loi de le souffrir. Cherche alors un motif pour lier conversation avec elle, et ne lui tiens d'abord que les propos usités en pareil cas. Des chevaux entrent dans le cirque ? demande-lui le nom de leur maître ; et, quel que soit celui qu'elle favorise, range-toi aussitôt de son parti. Mais, lorsqu'en pompe solennelle s'avanceront les statues d'ivoire des dieux de la patrie, applaudis avec enthousiasme à Vénus, ta protectrice.

Si, par un hasard assez commun, un grain de poussière volait sur le sein de ta belle, enlève-le d'un doigt léger ; s'il n'y a rien, ôte-le toujours : tout doit servir de prétexte à tes soins officieux. Le pan de sa robe traîne-t-il à terre ? relève-le, et fais en sorte que rien ne le puisse salir. Déjà, pour prix de ta complaisance, peut-être t'accordera-t-elle la faveur d'apercevoir sa jambe. Tu dois en outre faire attention aux spectateurs assis derrière elle, de peur qu'un genou trop avancé ne touche à ses tendres épaules. Un rien suffit pour gagner ces esprits légers. Que d'amants ont réussi près d'une belle, en arrangeant un coussin d'une main prévenante, en agitant l'air autour d'elle avec un éventail, ou en plaçant un tabouret sous ses pieds délicats !

Toutes ces occasions de captiver une belle, tu les trouveras aux jeux du cirque, aussi bien qu'au forum, cette arène qu'attristent les soucis de la chicane. Souvent l'Amour se plaît à y combattre. Là tel qui regardait les blessures d'autrui s'est senti blessé lui-même ; et tandis qu'il parle, qu'il parie pour tel ou tel athlète, qu'il touche la main de son adversaire, et que, déposant le gage du pari, il s'informe du parti vainqueur, un trait rapide le transperce ; il pousse un gémissement ; et, d'abord simple spectateur du combat, il en devient une des victimes.

N'est-ce pas ce qu'on a vu naguère, lorsque

César nous offrit l'image d'un combat naval, où parurent les vaisseaux des Perses luttant contre ceux d'Athènes ? A ce spectacle la jeunesse des deux sexes accourut des rivages de l'un et de l'autre océan : Rome, en ce jour, semblait être le rendez-vous de l'univers. Qui de nous, dans cette foule immense, n'a pas trouvé un objet digne de son amour ? Combien, hélas ! furent brûlés d'une flamme étrangère !

Mais César se dispose à achever la conquête du monde. Contrées lointaines de l'Aurore, vous subirez nos lois ; tu seras puni, Parthe insolent ! Mânes des soldats de Crassus, réjouissez-vous ! et vous, aigles romaines, honteuses d'être encore aux mains des Barbares, votre vengeur s'avance ! A peine à ses premières armes, il promet un héros ; enfant, il dirige déjà des guerres interdites à l'enfance. Esprits timides, cessez de calculer l'âge des dieux : la vertu, dans les Césars, n'attend pas les années. Leur céleste génie devance les temps, et s'indigne, impatient des lenteurs d'un tardif accroissement. Hercule n'était encore qu'un enfant, et déjà ses mains étouffaient des serpents : il fut, dès son berceau, le digne fils de Jupiter. Et toi, toujours brillant des grâces de l'enfance, Bacchus, que tu fus grand à cet âge, lorsque l'Inde trembla devant tes thyrses victorieux !

Jeune Caïus, c'est sous les auspices de ton père, c'est animé du même courage que tu prendras les armes ; et tu vaincras sous les auspices et avec le courage de ton père : un tel début convient au grand nom que tu portes. Aujourd'hui prince de la jeunesse, tu le seras un jour des vieillards. Frère généreux, venge l'injure faite à tes frères ; fils reconnaissant, défends les droits de ton père. C'est ton père, c'est le père de la patrie qui t'a mis les armes à la main, tandis que ton ennemi a violemment arraché le trône à l'auteur de ses jours. La sainteté de ta cause triomphera de ses flèches parjures : la justice et la piété se rangeront sous tes drapeaux. Déjà vaincus par le Droit, que les Parthes le soient aussi par les armes ; et que mon jeune héros aux richesses du Latium ajoute celles de l'Orient ! Mars, son père, et toi, César, son père aussi, soyez ses dieux tutélaires ! l'un de vous est déjà dieu, l'autre un jour doit l'être. Je lis dans l'avenir : oui, tu vaincras, Caïus ; mes vers acquitteront les voeux que je fais pour ta gloire, et s'élèveront pour te chanter, au ton le plus sublime. Je te peindrai debout, animant tes phalanges au combat. Puissent alors mes vers ne pas être indignes de ton courage ! Je dirai le Parthe tournant le dos, et le Romain opposant sa poitrine aux traits que l'ennemi lui lance en fuyant. Toi qui fuis pour vaincre, ô Parthe, que laisses-tu à faire au vaincu ? Parthe, désormais pour toi Mars n'a plus que de funestes présages.

Il viendra donc, ô le plus beau des mortels, ce jour où, brillant d'or et traîné par quatre chevaux blancs, tu t'avanceras dans nos murs ! Devant toi marcheront, le cou chargé de chaînes, les généraux ennemis : ils ne pourront plus, comme naguère, chercher leur salut dans la fuite. Les jeunes garçons, avec les jeunes filles, assisteront joyeux à ce spectacle, et ce jour épanouira tous les coeurs.

Alors, si quelque belle te demande le nom des rois vaincus ; quels sont ces pays, ces montagnes, ces fleuves dont on porte en trophée les images, il faut répondre à tout, prévenir même ses questions, affirmer avec assurance ce que tu ne sais pas, comme si tu le savais à merveille. Voici l'Euphrate, au front ceint de roseaux ; ce vieillard à la chevelure azurée, c'est le Tigre ; ceux-là..., suppose que ce sont les Arméniens. Cette femme représente la Perside, où naquit le fils de Danaé. Cette ville s'élevait naguère dans les vallées de l'Achéménie ; ce captif, cet autre, étaient des généraux ; et, ce disant, tu les désigneras par leurs noms, si tu le peux, ou, s'ils te sont inconnus, par quelque nom qui leur convienne.

La table et les festins offrent aussi près des belles un facile accès, et le plaisir de boire n'est pas le seul qu'on y trouve. Là, souvent l'Amour, aux joues empourprées, presse dans ses faibles bras l'amphore de Bacchus. Dès que ses ailes sont imbibées de vin, Cupidon, appesanti, reste immobile à sa place. Mais bientôt il secoue ses ailes humides, et malheur à celui dont le coeur est atteint de cette brûlante rosée ! Le vin dispose le coeur à la tendresse et le rend propre à s'enflammer ; les soucis disparaissent, dissipés par d'abondantes libations. Alors viennent les ris ; alors le pauvre reprend courage et se croit riche. Plus de chagrins, d'inquiétudes ; le front se déride, le coeur s'épanouit, et la franchise, aujourd'hui si rare, en bannit l'artifice. Souvent, à table, les jeunes filles ont captivé notre âme : Vénus dans le vin, c'est le feu dans le feu. Défie-toi alors de la clarté trompeuse des flambeaux. Pour juger de la beauté, la nuit et le vin sont de mauvais conseillers. Ce fut au jour, à la clarté des cieux, que Pâris vit les trois déesses, et dit à Vénus : «Tu l'emportes sur tes deux rivales». La nuit efface bien des taches et cache bien des imperfections ; alors il n'est point de femme laide. C'est en plein jour qu'on juge les pierres précieuses et les étoffes de pourpre ; c'est en plein jour aussi qu'il faut juger le visage et la beauté du corps.

Compterai-je toutes ces réunions propres à la chasse aux belles ? J'aurais plutôt compté les sables de la mer. Parlerai-je de Baïes, de ses rivages toujours couverts de voiles, de ses bains où bouillonne et fume une onde sulfureuse ? Plus d'un baigneur, atteint d'une blessure nouvelle, a dit en la quittant : «Ces eaux vantées ne sont point aussi salubres qu'on le dit». Non loin des portes de Rome, voici le temple de Diane, ombragé par les bois, et cet empire acquis par le glaive et par des luttes sanglantes.

Parce qu'elle est vierge, parce qu'elle hait les traits de l'amour, Diane a fait bien des blessures ; et elle en fera bien d'autres encore.

Jusqu'ici ma muse, portée sur un char aux roues inégales, t'a indiqué les lieux ou tu dois tendre tes filets et choisir une maîtresse. Maintenant, je vais t'apprendre par quel art tu captiveras celle qui t'a charmé ; c'est ici le point la plus important de mes leçons. Amants de tous pays, prêtez à ma voix une oreille attentive ; et que mes promesses trouvent un auditoire favorable.

Sois d'abord bien persuadé qu'il n'est point de femmes qu'on ne puisse vaincre, et tu seras vainqueur ; tends seulement tes filets. Le printemps cessera d'entendre le chant des oiseaux, l'été celui de la cigale ; le lièvre chassera devant lui le chien du Ménale, avant qu'une femme résiste aux tendres sollicitations d'un jeune amant. Celle que tu croiras peut-être ne pas vouloir se rendre le voudra secrètement. L'Amour furtif n'a pas moins d'attraits pour les femmes que pour nous. L'homme sait mal déguiser, et la femme dissimule mieux ses désirs. Si les hommes s'entendaient pour ne plus faire les premières avances, bientôt nous verrions à nos pieds les femmes vaincues et suppliantes. Dans les molles prairies, la génisse mugit d'amour pour le taureau ; la cavale hennit à l'approche de l'étalon. Chez nous, l'Amour a plus de retenue, et la passion est moins furieuse. Le feu qui nous brûle ne s'écarte jamais des lois de la nature. Citerai-je Byblis, qui brûla pour son frère d'une flamme incestueuse, et, suspendue à un gibet volontaire, se punit bravement de son crime ? Myrrha, qui conçut pour son père des sentiments trop tendres, et maintenant cache sa honte sous l'écorce qui la couvre ? Arbre odoriférant, les larmes qu'elle distille nous servent de parfums et conservent le nom de cette infortunée.

Un jour, dans les vallées ombreuses de l'Ida couvert de forêts, paissait un taureau blanc, l'orgueil du troupeau. Son front était marqué d'une petite tache noire, d'une seule, entre les deux cornes ; tout le reste de son corps avait la blancheur du lait. Les génisses de Gnosse et de Cydon se disputèrent à l'envi ses caresses. Pasiphaé se réjouissait d'être son amante ; elle voyait d'un oeil jaloux les génisses qui lui semblaient les plus belles. C'est un fait avéré : la Crète aux cent villes, la Crète, toute menteuse qu'elle est, ne peut le nier. On dit que Pasiphaé, d'une main non accoutumée à de pareils soins, dépouillait les arbres de leurs tendres feuillages, les prés de leurs herbes nouvelles, pour les offrir à son cher taureau. Attachée à ses pas, rien ne l'arrête : elle oublie son époux : un taureau l'emporte sur Minos ! Pourquoi, Pasiphaé, te parer de ces habits précieux ? Ton amant connaît-il le prix des richesses ? Pourquoi, le miroir à la main, suivre les troupeaux jusqu'au sommet des montagnes ? Insensée ! Pourquoi sans cesse rajuster ta coiffure ? Ah ! du moins, crois-en ton miroir : il te dira que tu n'es pas une génisse. Oh ! combien tu voudrais que la nature eût armé ton front de cornes ! Si Minos t'est cher encore, renonce à tout amour adultère ; ou, si tu veux tromper ton époux, que ce soit du moins avec un homme. Mais non, transfuge de sa couche royale, elle court de forêts en forêts, pareille à la Bacchante pleine du dieu qui l'agite. Que de fois, jetant sur une génisse des regards courroucés, elle s'écria : «Qu'a-t-elle donc pour lui plaire ? Voyez comme à ses côtés elle bondit sur l'herbe tendre ! l'insensée ! elle croit sans doute en paraître plus aimable». Elle dit ; et, par son ordre, arrachée du nombreux troupeau, l'innocente génisse allait courber sa tête sous le joug, ou, dans un faux sacrifice, tomber aux pieds des autels ; puis la cruelle touchait avec joie les entrailles de sa rivale. Que de fois, immolant de semblables victimes, elle apaisa le prétendu courroux des dieux, et tenant en main de pareils trophées : «Allez maintenant, dit-elle, allez plaire à mon amant !» Tantôt, elle voudrait être Europe ; tantôt, elle envie le sort d'Io : l'une, parce qu'elle fut génisse, l'autre, parce qu'un taureau la porta sur son dos. Cependant, abusé par le simulacre d'une vache d'érable, le roi du troupeau couvrit Pasiphaé ; et le fruit qu'elle mit au jour trahit l'auteur de sa honte.

Si cette autre Crétoise eût su se défendre d'aimer Thyeste (mais qu'il est difficile à une femme de ne plaire qu'à un seul homme !), Phébus, au milieu de sa course, n'eût point fait rebrousser chemin à ses coursiers, et ramené son char du couchant à l'aurore. La fille de Nisus, pour avoir dérobé à son père le cheveu fatal, tomba de la poupe d'un vaisseau, et fut transformée en oiseau. Echappé sur terre à la colère de Mars, et sur mer à celle de Neptune, le fils d'Atrée périt sous le poignard de sa cruelle épouse.Qui n'a donné des larmes aux amours de Créuse de Corinthe ? Qui n'a détesté les fureurs de Médée, de cette mère souillée du sang de ses enfants ? Les yeux de Phénix, privés de la lumière, versèrent des larmes. Et vous, coursiers d'Hippolyte, dans votre épouvante, vous mîtes en pièces le corps de votre maître ! Phinée, pourquoi crever les yeux de tes fils innocents ? Le même châtiment va retomber sur ta tête. Tels sont, chez les femmes, les excès d'un amour effréné ; plus ardentes que les nôtres, leurs passions sont aussi plus furieuses.

Courage donc ! présente-toi au combat avec la certitude de vaincre ; et, sur mille femmes, une à peine pourra te résister. Qu'une belle accorde ou refuse une faveur, elle aime qu'on la lui demande. Fusses-tu repoussé, un tel refus est pour toi sans danger. Mais pourquoi un refus ? On ne résiste pas aux attraits d'un plaisir nouveau. Le bien d'autrui nous sourit toujours plus que le nôtre : la moisson nous semble toujours plus riche dans le champ du voisin, et son troupeau plus fécond.

Mais ton premier soin doit être de lier connaissance avec la suivante de la belle que tu courtises : c'est elle qui te facilitera l'accès de la maison. Informe-toi si elle a l'entière confiance de sa maîtresse, si elle est la fidèle complice de ses secrets plaisirs. Promesses, prières, n'épargne rien pour la gagner ; ton triomphe alors sera facile ; tout dépend de sa volonté. Qu'elle prenne bien son temps (c'est une précaution qu'observent les médecins) ; qu'elle profite du moment où sa maîtresse est d'une humeur plus facile, plus accessible à la séduction. Ce moment, c'est celui où tout semble lui sourire, où la gaieté brille dans ses yeux comme les épis dorés dans un champ fertile. Quand le coeur est joyeux, quand il n'est point resserré par la douleur, il s'épanouit ; c'est alors que Vénus se glisse doucement dans ses plus secrets replis. Tant qu'Ilion fut plongée dans le deuil, ses armes repoussèrent les efforts des Grecs ; et ce fut dans un jour d'allégresse qu'elle reçut dans ses murs ce cheval aux flancs chargés de guerriers. Choisis encore l'instant où ta belle gémit de l'affront qu'elle a reçu d'une rivale, et fais en sorte qu'elle trouve en toi un vengeur. Le matin, à sa toilette, en arrangeant ses cheveux, la suivante irritera son courroux ; pour te servir, elle s'aidera de la voile et de la rame, et dira tout bas, en soupirant : «Je doute que vous puissiez rendre la pareille à l'ingrat qui vous trahit». C'est l'instant propice pour parler de toi. Qu'elle emploie en ta faveur les discours les plus persuasifs ; qu'elle jure que tu meurs d'un amour insensé. Mais il faut se hâter, de peur que le vent ne se retire et ne laisse retomber les voiles. Semblable à la glace fragile, le courroux d'une belle est de courte durée.

Mais, diras-tu, ne serait-il pas à propos d'avoir d'abord les faveurs de la suivante ? Cette façon d'agir est très chanceuse. Il est telle suivante que ce moyen rendra plus soigneuse de tes intérêts, telle autre dont il ralentira le zèle. L'une te ménagera les faveurs de sa maîtresse ; l'autre te gardera pour elle-même. L'événement seul peut en décider. En admettant qu'elle encourage tes entreprises, mon avis est qu'il vaut mieux s'abstenir. Je n'irai point m'égarer à travers des précipices et des rochers aigus ; la jeunesse qui me suit est en bon chemin avec moi. Si cependant la suivante, quand elle donne ou reçoit un billet, te charme par sa beauté non moins que par son zèle et son empressement, tâche d'abord de posséder la maîtresse ; que la suivante vienne ensuite ; mais ce n'est point par elle que ton amour doit commencer. Seulement je t'avertis, si tu as quelque foi dans l'art que j'enseigne, si les vents ravisseurs n'emportent pas mes paroles à travers les flots de la mer, de ne point tenter l'aventure, à moins de la pousser à bout. Une fois de moitié dans le crime, la suivante ne te trahira point. L'oiseau dont les ailes sont engluées ne peut voler bien loin ; le sanglier se débat en vain dans les filets qui l'enveloppent ; dès qu'il a mordu à l'hameçon, le poisson ne saurait s'en déprendre. Pour toi, pousse ton attaque jusqu'à bonne fin, et ne t'éloigne qu'après la victoire. Alors, complice de ta faute, elle n'osera te trahir ; et, par elle, tu sauras tout ce que fait et dit ta maîtresse. Mais surtout sois discret ; si tu caches bien tes intelligences avec la suivante, tout ce que fait ta belle n'aura plus pour toi de mystères.

C'est une erreur de croire que les cultivateurs et les pilotes doivent seuls consulter le temps. Comme il ne faut pas en toute saison confier la semence à une terre qui peut tromper nos voeux, ni livrer aux hasards de la mer un faible navire, de même il n'est pas toujours sûr d'attaquer une jeune beauté. Souvent on parvient mieux à son but en attendant une occasion plus propice. Evite, par exemple, le jour de sa naissance, ou celui des calendes, que Vénus se plaît à prolonger pour Mars, son amant. Quand le cirque est orné, non pas comme autrefois de figures en relief, mais des dépouilles des rois vaincus, alors il faut différer ; alors approchent et le triste hiver et les Pléiades orageuses ; alors le Chevreau craintif se plonge dans l'Océan. C'est le moment du repos. Quiconque ose affronter alors les dangers de la mer peut à peine se sauver avec les débris de son vaisseau naufragé. Attends, pour tenter un premier essai, ce jour à jamais funeste où le sang des Romains rougit les flots de l'Allia, ou bien encore ce jour consacré au repos, que fête chaque semaine l'habitant de la Palestine. Que l'anniversaire de la naissance de ton amie t'inspire une sainte horreur, et regarde comme néfastes les jours où il faudra lui faire un présent. Tu auras beau chercher à l'éviter, elle t'arrachera quelque cadeau : une femme sait toujours trouver les moyens de s'approprier l'argent d'un amant passionné. Un colporteur à la robe traînante se présentera devant ta maîtresse, toujours prête à acheter, et, devant toi, il étalera toutes ses marchandises ; et la belle, pour te fournir l'occasion de montrer ton bon goût, te priera de les examiner, puis elle te donnera un baiser ; puis enfin elle te suppliera de faire quelque emplette : «Ceci, dit elle, me suffira pour plusieurs années ; j'en ai besoin aujourd'hui, et vous ne pourrez jamais acheter plus à propos». En vain tu allègueras que tu n'as pas chez toi l'argent nécessaire pour cet achat : on te demandera un billet, et tu regretteras alors de savoir écrire. Combien de fois encore lui faudrait-il quelque cadeau pour le jour de sa naissance ! Et cet anniversaire se renouvellera aussi souvent que ses besoins. Combien de fois, désolée d'une perte imaginaire, viendra-t-elle, les yeux en pleurs, se plaindre d'avoir perdu la pierre précieuse qui ornait son oreille ! car c'est ainsi qu'elles font. Elles vous demandent une foule de choses qu'elles doivent vous rendre plus tard ; mais une fois qu'elles les tiennent, vous les réclamez en vain. C'est autant de perdu pour vous, sans qu'on vous en ait la moindre obligation. Quand j'aurais dix bouches et autant de langues je ne pourrais suffire à énumérer tous les manèges infâmes de nos courtisanes.

Tâte d'abord le terrain par un billet doux écrit sur des tablettes artistement polies. Que ce premier message lui apprenne l'état de ton coeur ; qu'il lui porte les compliments les plus gracieux et les douces paroles à l'usage des amants ; et, quel que soit ton rang, ne rougis pas de descendre aux plus humbles prières. Touché de ses prières, Achille rendit à Priam les restes d'Hector. La colère même des dieux cède aux accents d'une voix suppliante. Promettez, promettez, cela ne coûte rien ; tout le monde est riche en promesses. L'espérance, lorsqu'on y ajoute foi, fait gagner bien du temps ; c'est une déesse trompeuse, mais on aime à être trompé par elle. Si tu donnes quelque chose à ta belle, tu pourras être éconduit par intérêt : elle aura profité de tes largesses passées et n'aura rien perdu. Aie toujours l'air d'être sur le point de donner, mais ne donne jamais. C'est ainsi qu'un champ stérile trompe souvent l'espoir de son maître ; qu'un joueur ne cesse de perdre dans l'espoir de ne plus perdre, et que le sort chanceux tente sa main cupide. Le grand art, le point difficile, c'est d'obtenir les premières faveurs d'une belle sans lui avoir fait encore aucun présent : alors, pour ne pas perdre le prix de ce qu'elle a donné, elle ne pourra plus rien refuser. Qu'il parte donc ce billet conçu dans les termes les plus tendres ; qu'il sonde ses dispositions et te fraye le chemin de son coeur. Quelques lettres, tracées sur un fruit, trompèrent la jeune Cydippe ; et l'imprudente, en les lisant, se trouva prise par ses propres paroles.

Jeunes Romains, suivez mes conseils. Livrez-vous à l'étude des belles-lettres ; non pas seulement pour devenir les protecteurs de l'accusé tremblant : aussi bien que le peuple, que le juge austère, aussi bien que les sénateurs, cette élite des citoyens, la beauté se laisse vaincre par l'éloquence. Mais cache bien tes moyens de séduction, et ne va pas tout d'abord étaler ta faconde. Que toute expression pédantesque soit bannie de tes tablettes. Quel autre qu'un sot peut écrire à sa maîtresse sur le ton d'un déclamateur ? Souvent une lettre prétentieuse fut une cause suffisante d'antipathie. Que ton style soit naturel, ton langage simple, mais insinuant ; et qu'en te lisant on croie t'entendre. Si elle refuse ton billet et te le renvoie sans le lire, espère toujours qu'elle le lira et persiste dans ton entreprise. L'indomptable taureau s'accoutume au joug avec le temps, avec le temps on force le coursier rétif à obéir au frein. Un anneau de fer s'use par un frottement sans cesse renouvelé, et le soc est rongé chaque jour par la terre qu'il déchire. Quoi de plus solide que le rocher, de moins dur que l'eau ? cependant l'eau creuse les rocs les plus durs. Persiste donc, et avec le temps tu vaincras Pénélope elle-même. Troie résista longtemps, mais fut prise à la fin. Elle te lit sans vouloir te répondre ? libre à elle. Fais seulement en sorte qu'elle continue à lire tes billets doux. Puisqu'elle a bien voulu les lire, elle voudra bientôt y répondre. Tout viendra par degrés et en son temps. Peut-être recevras-tu d'abord une fâcheuse réponse, par laquelle on t'ordonnera de cesser tes poursuites. Elle craint ce qu'elle demande, et désire que tu persistes, tout en te priant de n'en rien faire. Poursuis donc ; et bientôt tu seras au comble de tes voeux.

Cependant, si tu rencontres ta maîtresse couchée dans sa litière, approche-toi d'elle, comme sans y penser ; et, de peur que vos paroles n'arrivent à des oreilles indiscrètes, explique-toi, autant que possible, d'une manière équivoque. Dirige-t-elle ses pas incertains sous quelque portique ? tu dois t'y promener avec elle. Tantôt hâte-toi de la devancer ; tantôt, ralentissant ta marche, suis de loin ses pas. Ne rougis pas de sortir de la foule et de passer d'une colonne à l'autre pour te trouver à ses côtés. Ne souffre pas surtout que, sans toi, elle se montre au théâtre dans tout l'éclat de sa beauté. Là, ses épaules nues t'offriront un spectacle charmant. Là, tu pourras la contempler, l'admirer à loisir; là, tu pourras lui parler du geste et du regard. Applaudis l'acteur qui représente une jeune fille ; applaudis encore plus celui qui joua le rôle de l'amant. Se lève-t-elle, lève-toi ; tant qu'elle est assise, reste assis ; et sache perdre ton temps au gré de son caprice.

D'ailleurs renonce au futile plaisir de friser tes cheveux avec le fer chaud, ou de lisser ta peau avec la pierre-ponce. Laisse de pareils soins à ces prêtres efféminés qui hurlent sur le mode phrygien des chants en l'honneur de Cybèle. Une simplicité sans art est l'ornement qui convient à l'homme. Thésée, sans ajuster sa chevelure, se fit aimer d'Ariane ; Phèdre brilla pour Hippolyte, quoique sa parure fût simple ; Adonis, cet hôte sauvage des forêts, gagna le coeur d'une déesse. Aime la propreté. Ne crains pas de hâler ton teint aux exercices du Champ de Mars. Que tes vêtements, bien faits, soient exempts de taches. Ne laisse point d'aspérités sur ta langue, point de tartre sur l'émail de tes dents. Que ton pied ne nage pas dans une chaussure trop large. Que tes cheveux, mal taillés, ne se hérissent pas sur ta tête ; mais qu'une main savante coupe et ta chevelure et ta barbe. Que tes ongles soient toujours nets et polis ; que l'on ne voie aucun poil sortir de tes narines ; surtout que ton haleine n'infecte pas l'air autour de toi, et prends garde de blesser l'odorat par cette odeur fétide qu'exhale le mâle de la chèvre. Quant aux autres détails de la toilette, abandonne-les aux jeunes coquettes, ou à ces hommes qui recherchent les honteuses faveurs d'autres hommes.

Mais voici que Bacchus appelle son poète ; favorable aux amants, il protège les feux dont il brûla lui-même.

Ariane errait éperdue sur les plages désertes de l'île de Naxos, toujours battue des flots de la mer. A peine échappée au sommeil, elle n'était vêtue que d'une tunique flottante ; ses pieds étaient nus, sa blonde chevelure flottait en désordre sur ses épaules, et des torrents de larmes inondaient ses joues. Elle redemandait aux flots le cruel Thésée ; les flots restaient sourds à ses cris. Elle criait et pleurait à la fois ; mais (heureux privilège de la beauté !) ses cris et ses pleurs ajoutaient encore à ses charmes. «Le perfide ! disait-elle en se frappant le sein, il me fuit ! que vais-je devenir ? hélas ! quel sera mon sort ?» Elle dit ; et soudain les cymbales et les tambours qu'agitent des mains frénétiques font retentir au loin le rivage. Frappée d'effroi, elle tombe en prononçant quelques mots entrecoupés, et son sang a fui de ses veines glacées. Mais voici venir les Bacchantes échevelées et les Satyres légers, avant-coureurs du dieu des vendanges.

Voici le vieux Silène, toujours ivre. Suspendu à la crinière de son âne, qui plie sous le faix, il peut à peine se soutenir. Tandis qu'il poursuit les Bacchantes, qui fuient et l'agacent en même temps, et qu'il presse du bâton les flancs du quadrupède aux longues oreilles, l'inhabile cavalier tombe la tête la première. Aussitôt les Satyres de lui crier : «Relevez-vous, père Silène, relevez-vous !»

Cependant, du haut de son char couronné de pampres, le dieu guide avec des rênes d'or les tigres qu'il a domptés. Ariane, en perdant Thésée, a perdu la couleur et la voix. Trois fois elle veut fuir, trois fois la crainte enchaîne ses pas. Elle frémit, elle tremble, comme la paille légère ou les roseaux flexibles qu'agite le moindre vent. Mais le dieu : «Bannis, lui dit-il, toute frayeur ; tu retrouves en moi un amant plus tendre, plus fidèle que Thésée. Fille de Minos , tu seras l'épouse de Bacchus. Pour récompense je t'offre le ciel ; astre nouveau, ta couronne brillante y servira de guide au pilote incertain». A ces mots, il s'élance de son char dont les tigres auraient pu effrayer Ariane ; la terre s'incline sous ses pas ; pressant sur son sein la princesse éperdue, il l'enlève. Et comment eût-elle résisté ? un dieu ne peut-il pas tout ce qu'il veut ? Tandis qu'une partie du cortège entonne des chants d'hyménée, et que l'autre crie : Evohé ! Evohé ! le dieü et sa jeune épouse consomment le sacrifice nuptial.

Lors donc que tu seras assis à un festin embelli des dons de Bacchus, et qu'une femme aura pris place auprès de toi sur le même lit, prie ce dieu, dont les mystères se célèbrent pendant la nuit, de garantir ton cerveau des vapeurs nuisibles du vin. C'est là que tu pourras, à mots couverts, adresser à ta belle de tendres discours, dont sans peine elle devinera le sens. Une goutte de vin te suffira pour tracer sur la table de doux emblèmes où elle lira la preuve de ton amour. Que tes yeux alors fixés sur ses yeux achèvent de lui dévoiler ta flamme. Sans la parole, le visage a souvent sa voix et son éloquence. Empare-toi le premier de la coupe qu'ont touchée ses lèvres, et du côté où elle a bu, bois après elle. Saisis les mets que ses doigts ont effleurés, et qu'en même temps ta main rencontre la sienne.

Tâche aussi de plaire au mari de la belle ; rien ne sera plus utile à tes desseins que son amitié. Si le sort, te favorisant, te donne la royauté du festin, aie soin de la lui céder ; ôte ta couronne pour en orner sa tête. Qu'il soit ton inférieur ou ton égal, n'importe, laisse-le se servir le premier, et, dans la conversation, n'hésite pas à prendre le second rôle. Le moyen le plus sûr et le plus commun de tromper, c'est d'emprunter le nom de l'amitié ; mais, quoique sûr et commun, ce moyen n'en est pas moins un crime. En amour, le mandataire va souvent plus loin que son mandat, et se croit autorisé à dépasser les ordres qu'il a reçus.

Je vais te prescrire la juste mesure que tu dois observer en buvant. Que ton esprit et tes pieds gardent toujours leur équilibre ; évite surtout les querelles qu'engendre le vin, et ne sois pas trop prompt au combat. N'imite pas cet Eurytion qui mourut sottement pour avoir trop bu. La table et le vin ne doivent inspirer qu'une douce gaieté. Si tu as de la voix, chante ; si tes membres sont flexibles, danse ; enfin, ne néglige aucun de tes moyens de plaire. Une ivresse véritable inspire le dégoût ; une ivresse feinte peut avoir son utilité. Que ta langue rusée bégaie comme avec peine des sons inarticulés, afin que tout ce que tu feras ou diras d'un peu libre trouve son excuse dans de trop fréquentes libations. Fais hautement des souhaits pour ta maîtresse, fais-en pour celui qui partage sa couche ; mais, au fond du coeur, maudis son époux. Lorsque les convives quitteront la table, le mouvement qui en résulte t'offrira un facile accès près de ta belle. Mêlé dans la foule, approche-toi d'elle doucement, de tes doigts serre sa taille, et de ton pied va chercher le sien.

Mais voici l'instant de l'entretien. Loin d'ici, rustique pudeur ! la Fortune et Vénus secondent l'audace. Ne compte pas sur moi pour t'enseigner les lois de l'éloquence ; songe seulement à commencer, et l'éloquence te viendra sans que tu la cherches. Il faut jouer le rôle d'amant ; que tes discours expriment le mal qui te consume, et ne néglige aucun moyen pour persuader ta belle. Il n'est pas bien difficile de se faire croire ; toute femme se trouve aimable ; et la plus laide est contente de la beauté qu'elle croit avoir. Que de fois d'ailleurs celui qui d'abord faisait semblant d'aimer finit par aimer sérieusement, et passa de la feinte à la réalité ! Jeunes beautés, montrez-vous plus indulgentes pour ceux qui se donnent les apparences de l'amour ; cet amour, d'abord joué, va devenir sincère.

Tu peux encore, par d'adroites flatteries, t'insinuer furtivement dans son coeur, comme le ruisseau couvre insensiblement la rive qui le dominait. N'hésite point à louer son visage, ses cheveux, ses doigts arrondis et son pied mignon. La plus chaste est sensible à l'éloge qu'on fait de sa beauté, et le soin de ses attraits occupe même la vierge encore novice. Pourquoi, sans cela, Junon et Pallas rougiraient-elles encore aujourd'hui de n'avoir point obtenu le prix décerné à la plus belle dans les bois du mont Ida ? Voyez ce paon. Si vous louez son plumage, il étale sa queue avec orgueil ; si vous le regardez en silence, il en cache les trésors. Le coursier, dans la lutte des chars, aime les applaudissements donnés à sa crinière bien peignée et à sa fière encolure. Ne sois point timide dans tes promesses : ce sont les promesses qui entraînent les femmes. Prends tous les dieux à témoin de ta sincérité. Jupiter, du haut des cieux, rit des parjures d'un amant, et les livre, comme un jouet, aux vents d'Eole pour les emporter. Que de fois il jura faussement par le Styx d'être fidèle à Junon ! son exemple nous rassure et nous encourage.

Il importe qu'il y ait des dieux, comme il importe d'y croire. Prodiguons sur leurs autels antiques et l'encens et le vin. Les dieux ne sont pas plongés dans un repos indolent et semblable au sommeil. Vivez dans l'innocence, car ils ont les yeux sur vous. Rendez le dépôt qui vous fut confié ;

suivez les lois que la piété vous prescrit ; bannissez la fraude ; que vos mains soient pures de sang humain. Si vous êtes sages, ne vous jouez que des jeunes filles ; vous pouvez le faire impunément, en observant dans tout le reste la bonne foi. Trompez des trompeuses. Les femmes, pour la plupart, sont une race perfide. Qu'elles tombent dans les pièges qu'elles-mêmes ont dressés.

L'Egypte, dit-on, privée des pluies nourricières qui fertilisent ses campagnes, avait éprouvé neuf années de sécheresse continuelle. Thrasius vient trouver Busiris, et lui découvrit un moyen d'apaiser Jupiter. «C'est, dit-il, de répandre sur ses autels le sang d'un hôte étranger. - Tu seras, lui répond Busiris, la première victime offerte à ce dieu ; tu seras l'hôte étranger à qui l'Egypte sera redevable de l'eau céleste». Phalaris fit aussi brûler le féroce Perillus dans le taureau d'airain qu'il avait fabriqué, et le malheureux inventeur arrosa de son sang l'ouvrage de ses mains ! Ce fut une double justice. Quoi de plus juste, en effet, que de faire périr par leur propre invention ces artisans de supplices ? Parjure pour parjure, c'est la règle de l'équité. La femme abusée ne doit s'en prendre qu'à elle-même de la trahison dont elle donna l'exemple.

Les larmes sont aussi fort utiles en amour ; elles amolliraient le diamant. Tâche donc que ta maîtresse voie tes joues baignées de larmes. Si cependant tu n'en peux verser (car on ne les a pas toujours à commandement), mouille alors tes yeux avec la main. Quel amant expérimenté ignore combien les baisers donnent de poids aux douces paroles ? Ta belle s'y refuse ; prends-les malgré ses refus. Elle commencera peut-être par résister : «Méchant !» dira-t-elle. Mais, tout en résistant, elle désire succomber. Seulement, ne va pas, par de brutales caresses, blesser ses lèvres délicates, et lui donner sujet de se plaindre de ta rudesse. Après un baiser pris, si tu ne prends pas le reste, tu mérites de perdre les faveurs même qui te furent accordées. Que te manquait-il, dès lors, pour l'accomplissement, de tous tes voeux ? Quelle pitié ! ce n'est pas la pudeur qui t'a retenu ; c'est une stupide maladresse. - C'eût été lui faire violence, dis-tu ? - Mais cette violence plaît aux belles, ce qu'elles aiment à donner, elles veulent encore qu'on le leur ravisse. Toute femme, prise de force dans l'emportement de la passion, se réjouit de ce larcin : nul présent n'est plus doux à son coeur. Mais lorsqu'elle sort intacte d'un combat où on pouvait la prendre d'assaut, en vain la joie est peinte sur son visage, la tristesse est dans son coeur. Phoebé fut violée ; Ilaïre, sa soeur, le fut aussi ; cependant l'une et l'autre n'en aimèrent pas moins leurs ravisseurs.

Une histoire bien connue, mais qui mérite d'être racontée, c'est la liaison de la fille du roi de Scyros avec le fils de Thétis. Déjà Vénus avait récompensé Pâris de l'hommage rendu à sa beauté, lorsque, sur le mont Ida, elle triompha de ses deux rivales ; déjà, une nouvelle bru était venue d'une contrée lointaine dans la famille de Priam, et les murs d'Ilion renfermaient l'épouse du roi de Sparte. Tous les princes grecs juraient de venger l'époux outragé : car l'injure d'un seul était devenue la cause de tous. Achille cependant (quelle honte, s'il n'eût en cela cédé aux prières de sa mère !), Achille avait déguisé son sexe sous les longs vêtements d'une fille. Que fais-tu, petit-fils d'Eacus ? tu t'occupes à filer la laine ! Est-ce là l'ouvrage d'un homme ? C'est par un autre art de Pallas que tu dois trouver la gloire. A quoi bon ces corbeilles ? ton bras est fait pour porter le bouclier. Pourquoi cette quenouille dans la main qui doit terrasser Hector ? jette loin de toi ces fuseaux, et que cette main rigoureuse brandisse la lance Pélias. Un jour, le même lit avait réuni, par hasard, Achille et la princesse de Scyros, quand la violence qu'elle subit lui dévoila tout à coup le sexe de sa compagne. Elle ne céda sans doute qu'à la force : je me plais à le croire. Mais enfin elle ne fut pas fâchée que la force triomphât. «Reste», lui disait-elle souvent, lorsque Achille impatient de partir avait déjà déposé la quenouille pour saisir ses armes redoutables. Où donc est cette prétendue violence ? Pourquoi, Déidamie, retenir d'une voix caressante l'auteur de ta honte ?

Oui, si la pudeur ne permet pas à la femme de faire les avances, en revanche c'est un plaisir pour elle de céder aux attaques de son amant. Certes, il a une confiance trop présomptueuse dans sa beauté, le jeune homme qui se flatte qu'une femme fera la première demande. C'est à lui de commencer, à lui d'employer les prières ; et ses tendres supplications seront bien accueillies par elle. Demandez pour obtenir. Elle veut seulement qu'on la prie. Explique-lui la cause et l'origine de ton amour. Jupiter abordait en suppliant les anciennes héroïnes ; et, malgré sa grandeur, aucune ne vint à lui la première, tout Jupiter qu'il était. Si cependant on ne répond à tes prières que par un orgueilleux dédain, n'insiste pas davantage, et reviens sur tes pas. Bien des femmes désirent ce qui leur échappe, et détestent ce qu'on leur offre avec instance. Sois moins pressant, et tu cesseras d'être importun. Il ne faut pas manifester l'espoir d'un prochain triomphe ; que l'Amour s'introduise auprès d'elle sous le voile de l'amitié. J'ai vu plus d'une beauté farouche être dupe de ce manège, et son ami devenir bientôt son amant.

Un teint blanc ne sied point à un marin ; l'eau de la mer et les rayons du soleil ont dû hâler son visage. Il ne sied point non plus au laboureur qui, sans cesse exposé aux injures de l'air, remue la terre avec la charrue ou les pesants râteaux. Et vous qui, dans la lutte, briguez la couronne de l'olivier, une peau trop blanche vous serait une honte. De même tout amant doit être pâle. La pâleur est le symptôme de l'Amour, c'est la couleur qui lui convient. Que, dupe de ta pâleur, ta maîtresse prenne un tendre intérêt à ta santé. Orion était pâle, lorsqu'il suivait Lyrice dans les bois ; Daphnis, épris d'une indifférente Naïade, était pâle aussi. Que ta maigreur décèle encore les tourments de ton âme ; ne rougis pas même de couvrir ta brillante chevelure du voile des malades. Les veilles, les soucis et les chagrins qu'engendre un violent amour maigrissent un jeune homme. Pour voir combler tes voeux, ne crains pas d'exciter la pitié, et qu'en te voyant chacun s'écrie : «Tu aimes».

Maintenant, dois-je garder le silence, ou me plaindre de voir partout la vertu confondue avec le crime ? L'amitié, la bonne foi ne sont plus que de vains mots. Hélas ! tu ne pourrais sans danger vanter à ton ami l'objet de ton amour. S'il croit à tes éloges, il devient aussitôt ton rival. Mais, dira-t-on, le petit-fils d'Actor ne souilla point le lit d'Achille ; Phèdre ne fut point infidèle, du moins en faveur de Pirithoüs ; Pylade aimait Hermione d'un amour aussi chaste que celui de Phébus pour Pallas, que celui de Castor et de Pollux pour Hélène, leur soeur. Compter sur un pareil prodige, c'est se flatter de cueillir des fruits sur la stérile bruyère, ou de trouver du miel au milieu d'un fleuve. Le crime a tant d'appas ! chacun ne songe qu'à son propre plaisir ; et celui que l'on goûte aux dépens du bonheur d'autrui n'en a que plus d'attraits. O honte ! ce n'est pas son ennemi qu'un amant doit craindre.

Pour être à l'abri du danger, fuis ceux même qui te paraissent le plus dévoués. Méfie-toi d'un parent, d'un frère, d'un tendre ami : ce sont eux qui doivent t'inspirer les craintes les plus fondées.

J'allais finir ; mais je dois dire que toutes les femmes n'ont pas la même humeur ; il est, pour répondre aux mille différences de caractère qui les distinguent, mille moyens de les séduire. Le même sol ne donne pas toutes sortes de productions. L'un convient à la vigne, l'autre à l'olivier ; celui-ci se couvre de vertes moissons. On voit dans le monde autant d'esprits divers que de visages. Un homme habile saura se plier à cette diversité d'humeurs, semblable à Protée, qui tantôt se transformait en onde légère, tantôt en lion, tantôt en arbre ou en sanglier au poil hérissé. Tel poisson se prend avec le harpon, tel autre avec la ligne, tel enfin reste captif dans les filets du pêcheur. Les mêmes moyens ne réussissent pas toujours. Sache les varier selon l'âge de tes maîtresses. Une vieille biche découvre de plus loin le piège qu'on lui tend. Si tu te montres trop savant auprès d'une beauté novice, ou trop entreprenant auprès d'une prude, elle se défiera de toi et se tiendra sur ses gardes. C'est ainsi que parfois la femme qui craint de se livrer à un honnête homme s'abandonne aux caresses d'un vil manant.

Une partie de ma tâche est achevée ; une autre me reste à remplir. Jetons ici l'ancre qui doit arrêter mon navire.

LIVRE II

Chantez, chantez deux fois : Io Paean !, la proie que je poursuivais est tombée dans mes filets. Que l'amant joyeux couronne mon front d'un vert laurier, et m'élève au-dessus du vieillard d'Ascra et de l'aveugle de Méonie. Tel le fils de Priam, fuyant à toutes voiles la belliqueuse Amyclée, entraînait l'épouse de son hôte ; tel aussi, ô Hippodamie, Pélops, sur son char vainqueur, t'emmenait loin de ta patrie.

Jeune homme, pourquoi te hâtes-tu si fort ? ta nef vogue en pleine mer, et le port où je te conduis est loin encore. Ce n'est pas assez que mes vers aient mis ton amante dans tes bras : mon art t'apprit à la vaincre ; mon art doit aussi t'apprendre à conserver son amour. S'il est glorieux de faire des conquêtes, il ne l'est pas moins de les garder : l'un est souvent l'ouvrage du hasard, l'autre est un effet de l'art.

Reine de Cythère, et toi, son fils, si jamais vous me fûtes favorables, c'est aujourd'hui surtout que je vous invoque ! Et toi aussi, divine Erato, car tu dois ton nom à l'Amour. Je médite une grande entreprise : je dirai par quel art on peut fixer l'Amour, cet enfant volage, sans cesse errant dans le vaste univers. Il est léger : il a deux ailes pour s'envoler. Comment arrêter son essor ?

Minos n'avait rien négligé pour s'opposer à la fuite de son hôte ; mais celui-ci osa, avec des ailes, se frayer une route. Quand Dédale eut renfermé le monstre moitié homme et moitié taureau, fruit des amours d'une mère criminelle : «O toi qui es si juste, dit-il à Minos, mets un terme à mon exil : que ma terre natale reçoive mes cendres ! En butte à la rigueur des destins, si je n'ai pu vivre dans ma patrie, que je puisse du moins y mourir ! Permets à mon fils d'y retourner, si son père ne peut trouver grâce devant toi ; ou, si tu es inexorable pour l'enfant, prends pitié du vieillard !» Ainsi parla Dédale ; mais en vain il essayait, par ce discours et beaucoup d'autres, d'émouvoir Minos ; celui-ci restait inflexible. Convaincu de l'inutilité de ses prières : «Voilà, se dit-il à lui-même, une occasion pour moi d'exercer mon génie. Minos règne sur la terre, règne sur les flots ; ces deux éléments se refusent à ma fuite. L'air me reste ; c'est par là qu'il faut m'ouvrir un chemin. Puissant Jupiter ! excuse mon entreprise. Je ne prétends point m'élever jusqu'aux célestes demeures ; mais je profite de l'unique voie qui me reste pour fuir mon tyran. Si le Styx m'offrait un passage, je traverserais les eaux du Styx. Qu'il me soit donc permis de changer les lois de ma nature».

Souvent le malheur éveille l'industrie. Qui jamais eût pensé qu'un homme pût voyager dans les airs ? Dédale cependant se fabrique des ailes avec des plumes artistement disposées, et attache son léger ouvrage avec des fils de lin ; la cire amollie au feu en garnit l'extrémité inférieure. Enfin, ce chef-d'oeuvre d'un art jusqu'alors inconnu était terminé. Le jeune Icare maniait, joyeux, et les plumes et la cire, sans se douter que cet appareil dût armer ses épaules pour la fuite. «Voilà, lui dit son père, le navire qui nous ramènera dans notre patrie ; c'est par lui que nous échapperons à Minos. Si Minos nous a fermé tous les chemins, il n'a pu nous interdire celui de l'air. Profite donc de mon invention pour fendre les plaines de l'air. Mais garde-toi d'approcher de la vierge de Tégée, ou d'Orion qui, armé d'un glaive, accompagne le Bouvier. Mesure ton vol sur le mien ; je te précéderai ; contente-toi de me suivre : guidé par moi, tu seras en sûreté. Car si, dans notre course aérienne, nous nous élevions trop près du soleil, la cire de nos ailes n'en pourrait supporter la chaleur ; si, par un vol trop humble, nous descendions trop près de la mer, nos ailes imprégnées de l'humidité des eaux perdraient leur mobilité. Vole entre ces deux écueils. Redoute aussi les vents, ô mon fils ! suis leur direction, et livre-toi à leur souffle officieux». Après ces instructions, Dédale ajuste les ailes de son fils, et lui apprend à les faire mouvoir : ainsi les oiseaux débiles apprennent de leur mère à voler. Il adapte ensuite à ses épaules ses propres ailes, et se balance timidement dans la route nouvelle qu'il s'est ouverte. Avant de prendre son vol, il donne à son jeune fils un baiser, et ses yeux ne peuvent retenir ses larmes paternelles.

Non loin de là s'élevait une colline, moins haute qu'une montagne, mais qui pourtant dominait la plaine. C'est de là qu'ils s'élancent pour leur fuite périlleuse. Dédale, en agitant ses ailes, a les yeux fixés sur celles de son fils, sans ralentir toutefois sa course aérienne. D'abord la nouveauté de ce voyage les enchante ; et bientôt, bannissant toute crainte, l'audacieux Icare prend un essor plus hardi. Un pêcheur les aperçut tandis qu'il cherchait à prendre les poissons à l'aide de son roseau flexible, et la ligne s'échappa de ses mains. Déjà, ils ont laissé sur la gauche Samos, et Naxos, et Paros, et Délos chère à Phébus ; ils ont à leur droite Lébynthe, Calymne ombragée de forêts, et Astypalée environnée d'étangs poissonneux, lorsque le jeune Icare, emporté par la témérité, trop commune, hélas ! à son âge, s'éleva plus haut vers le ciel, et abandonna son guide. Les liens de ses ailes se relâchent ; la cire se fond aux approches du soleil, et ses bras qu'il remue n'ont plus de prise sur l'air trop subtil. Alors, du haut des cieux, il regarde la mer avec épouvante, et l'effroi voile ses yeux d'épaisses ténèbres. La cire était fondue. En vain il agite ses bras dépouillés ; tremblant et n'ayant plus rien pour se soutenir, il tombe ; et dans sa chute : «O mon père ! ô mon père ! s'écrie-t-il, je suis entraîné». Les flots azurés lui ferment la bouche. Cependant son malheureux père (hélas ! il avait cessé de l'être) : «Icare ! mon fils ! lui crie-t-il, où es-tu ? vers quel point du ciel diriges-tu ton vol ? Icare !» Il l'appelait encore, quand il aperçut des plumes flottant sur les ondes. La terre reçut les restes d'Icare, et la mer garde son nom.

Minos ne put empêcher un mortel de fuir avec des ailes ; et moi j'entreprends de fixer un dieu plus léger que l'oiseau.

C'est une erreur grossière que d'avoir recours à l'art des sorcières thessaliennes, ou de faire usage de l'hippomane arraché du front d'un jeune poulain. Les herbes de Médée, les chants magiques des Marses ne pourraient faire naître l'amour. Si les enchantements avaient ce pouvoir, Médée eût captivé pour toujours le fils d'Eson, Ulysse eût été retenu par Circé. Il est donc inutile de faire boire aux jeunes filles des philtres amoureux : les philtres troublent la raison et n'engendrent que la fureur. Loin de toi ces coupables artifices ! Sois aimable, et tu seras aimé. La beauté du visage, l'élégance de la taille ne te suffiront point pour cela. Fusses-tu Nirée, jadis tant vanté par Homère, fusses-tu le tendre Hylas, enlevé par les coupables Naïades ; pour fixer ta maîtresse, et pour n'être pas surpris un jour d'être quitté par elle, joins les dons de l'esprit aux avantages du corps. La beauté est un bien périssable ; avec les années, elle ne cesse de décroître ; elle s'altère par sa durée même. Les violettes et les lis épanouis ne fleurissent pas toujours ; et la rose une fois tombée, sa tige dépouillée n'a plus que des épines. Ainsi, bel adolescent, bientôt blanchiront tes cheveux ; ainsi les rides viendront sillonner ton visage. Pour relever ta beauté, forme-toi un esprit à l'épreuve du temps : c'est le seul bien qui nous accompagne jusqu'au tombeau. Donne un soin assidu à la culture des beaux arts, à l'étude des deux langues.

Ulysse n'était point beau, mais il était éloquent ; et deux déesses éprouvèrent pour lui les tourments de l'amour. Que de fois Calypso gémit de le voir hâter son départ, et prétendit que les flots ne permettaient pas de mettre à la voile ! Sans cesse elle lui redemandait l'histoire de la chute de Troie, qu'il redisait sans cesse sous une forme nouvelle. Un jour, ils étaient arrêtés sur le rivage ; la belle Nymphe voulait qu'il lui racontât la fin cruelle du roi de Thrace. Ulysse, avec une baguette légère qu'il tenait par hasard à la main, lui en traçait l'image sur le sable. «Voici Troie, lui dit-il (et il en figurait les remparts). Ici coule le Simoïs. Supposez que voici mon camp. Plus loin est une plaine (il la représentait) qu'ensanglanta le meurtre de ce Dolon qui, pendant la nuit, voulait ravir les chevaux d'Achille. Là, s'élevaient les pentes de Rhésus, roi de Thrace ; c'est par ici que je revins avec les chevaux enlevés à ce prince». Il continuait sa description, lorsque tout à coup une vague vint effacer Pergame, et Rhésus et son camp. Alors la déesse : «Osez donc, lui dit-elle, osez vous fier à ces flots qui viennent, sous vos yeux, d'effacer de si grands noms !»

Qui que tu sois, n'aie qu'une faible confiance dans les charmes trompeurs de la beauté : ajoute d'autres avantages à ces mérites du corps. Ce qui gagne surtout les coeurs, c'est une adroite complaisance. La rudesse et les paroles acerbes n'engendrent que la haine. Nous détestons l'épervier qui passe sa vie dans les combats, et le loup toujours prêt à fondre sur les troupeaux timides. Mais l'homme ne tend point de pièges à la douce hirondelle, et laisse la colombe habiter en paix les tours qu'il a bâties. Loin de toi les querelles et les combats d'une langue mordante ! les paroles agréables sont l'aliment de l'amour. C'est par des querelles que la femme éloigne son mari, et le mari sa femme ; ils croient, en agissant ainsi, se payer d'un juste retour. Permis à eux : les querelles sont la dot que les époux s'apportent mutuellement. Mais une maîtresse ne doit entendre que des paroles aimables. Ce n'est point par ordre de la loi que le même lit vous a reçus ; votre loi, à vous, c'est l'amour. N'approche de ton amie qu'avec de tendres caresses, qu'avec des paroles qui flattent son oreille, afin qu'elle se réjouisse de ta venue.

Ce n'est point aux riches que je viens enseigner l'art d'aimer : celui qui donne n'a pas besoin de mes leçons. Il a toujours assez d'esprit, s'il peut dire, quand il lui plaît : Accepte ceci. Je lui cède le pas : ses moyens de plaire sont plus puissants que les miens. Je suis le poète du pauvre, parce que, pauvre moi-même, j'ai aimé. A défaut de présents, je payais mes maîtresses en belles paroles. Le pauvre doit être circonspect dans ses amours ; le pauvre ne doit se permettre aucune invective ; il doit endurer bien des choses qu'un amant riche ne souffrirait pas. Je me souviens d'avoir, dans un moment de colère, mis en désordre la chevelure de ma maîtresse. Combien cet emportement m'enleva de beaux jours ! je ne crois pas, et je ne m'aperçus point que j'eusse déchiré sa robe ; mais elle le prétendit, et je fus obligé de la remplacer à mes frais. O vous, plus sages que votre maître, évitez ses fautes, ou craignez comme lui d'en porter la peine. Faites la guerre aux Parthes, mais soyez en paix avec votre amie ; ayez recours à l'agréable badinage et à tout ce qui peut exciter l'amour.

Si ta maîtresse se montre peu traitable et peu gracieuse pour toi, souffre-le avec patience ; et bientôt elle s'adoucira. Si l'on courbe une branche avec précaution, elle plie ; elle rompt, si l'on fait tout d'abord sur elle l'essai de toutes ses forces. En suivant avec précaution le fil de l'eau, on traversa un fleuve à la nage ; mais si l'on veut lutter contre le courant, impossible d'en venir à bout. La patience triomphe des tigres et des lions de Numidie ; le taureau s'accoutume peu à peu au joug de la charrue. Quelle femme fut jamais plus farouche qu'Atalante l'Arcadienne ? et pourtant, toute fière qu'elle était, elle se rendit enfin aux tendres soins de son amant. On dit que Milanion pleura souvent à l'ombre des forêts son malheur et les rigueurs de sa cruelle maîtresse ; que souvent, par son ordre, il porta sur ses épaules des filets trompeurs ; que souvent il perça de ses traits le sanglier menaçant. Il fut même atteint par les flèches d'Hylée ; mais d'autres flèches, hélas ! trop connues, l'avaient déjà blessé.

Je ne te prescris point de gravir, l'arc en main, comme lui, les bois escarpés du Ménale, ni de charger tes épaules de lourds filets ; je ne t'ordonne point d'offrir ta poitrine aux flèches d'un ennemi. Si tu sais être prudent, tu verras que les préceptes de mon art sont plus faciles à suivre. Ta maîtresse résiste ? eh bien ! cède ; c'est en cédant que tu triompheras. Quel que soit le rôle qu'elle t'impose, sois prêt à le remplir. Ce qu'elle blâme, blâme-le ; loue ce qu'elle loue. Ce qu'elle dit, répète-le ; nie ce qu'elle nie. Ris, si elle rit ; pleure, si elle pleure ; en un mot, compose ton visage sur le sien. Mais elle veut jouer, et déjà sa main agite les dés d'ivoire. Fais exprès de manquer le coup, et passe-lui la main. Si vous jouez aux osselets, pour lui épargner le chagrin d'une défaite, fais en sorte d'amener souvent un malencontreux ambesas. Si un échiquier est votre champ de bataille, il faut que tes pions de verre tombent sous les coups de l'ennemi.

Aie soin de tenir sur elle son ombrelle déployée ; de lui frayer un passage, si elle se trouve engagée dans la foule ; empresse-toi d'approcher le marche-pied pour l'aider à monter sur son lit ; ôte ou mets les sandales à son pied délicat. Souvent aussi, quoique transi de froid toi-même, il te faudra réchauffer dans ton sein les mains glacées de ta maîtresse. Ne rougis point, bien qu'il y ait quelque honte, d'employer ta main, la main d'un homme libre, à lui tenir le miroir. Ce demi-dieu, vainqueur des monstres suscités contre lui par une marâtre dont il lassa la haine ; ce héros digne d'être admis dans l'Olympe qu'il avait soutenu sur ses épaules, Hercule, confondu parmi les vierges d'Ionie, tenait, dit-on, leurs corbeilles et filait avec elles des laines grossières. Quoi ! le héros de Tirynthe obéit aux ordres de sa maîtresse ; et toi, tu hésiterais à souffrir ce qu'il a souffert !

Si ta belle te donne un rendez-vous au Forum, tâche de t'y trouver avant l'heure prescrite et ne te retire que fort tard. Si elle t'ordonne de te trouver en quelque autre endroit, quitte tout pour y courir : la foule même ne doit pas ralentir ta marche. Si, le soir, retournant chez elle, au sortir d'un festin, elle appelle un esclave, offre-toi aussitôt. Tu es à la campagne, et elle t'écrit : «Venez sur-le-champ». L'Amour hait la lenteur. A défaut de voiture, fais la route à pied. Rien ne doit t'arrêter, ni un temps lourd, ni l'ardente Canicule, ni la neige qui blanchit les chemins.

L'amour est une image de la guerre. Loin de lui, hommes pusillanimes ! les lâches sont incapables de défendre ses étendards. La nuit, l'hiver, les longues marches, les douleurs cruelles, les travaux les plus pénibles, il faut tout endurer dans ces camps où semble régner la mollesse. Souvent tu devras supporter la pluie que les nuages verseront sur toi ; souvent il te faudra, transi de froid, coucher sur la dure. Apollon, lorsqu'il paissait les troupeaux d'Admète, n'avait, dit-on, pour asile qu'une étroite cabane. Qui rougirait de faire ce qu'a fait Apollon ? Dépouille tout orgueil si tu aspires à un amour durable. Si tu ne peux arriver à ta maîtresse par une route sûre et facile, si sa porte bien fermée te fait obstacle, monte sur le toit et descends chez elle par cette route périlleuse, ou bien glisse-toi furtivement par une fenêtre élevée. Elle sera charmée de se savoir la cause du danger que tu as couru : ce sera pour elle un gage assuré de ton amour. Tu pouvais souvent, ô Léandre, te priver de voir ton amante ; mais tu traversais à la nage les flots, pour lui prouver ton courage.

Il ne faut pas rougir de gagner les bonnes grâces des servantes, selon leur rang, et même des simples valets. Que risques-tu à saluer chacun d'eux par son nom ? Amant ambitieux, ne crains point de serrer dans tes mains leurs mains serviles. Fais aussi (la dépense est légère) quelques petits cadeaux, selon tes moyens, au valet qui te les demande. Offres-en aussi à la suivante, dans ce jour où, trompée par le travestissement des servantes romaines, les Gaulois payèrent cette erreur de leur vie. Crois-moi, fais en sorte de mettre dans tes intérêts tout ce petit peuple ; n'oublie ni le portier, ni l'esclave qui veille à la porte de la chambre à coucher.

Je ne t'ordonne point de faire de riches présents à ta maîtresse ; offre-lui quelques bagatelles, pourvu qu'elles soient bien choisies et données à propos. Lorsque la campagne étale ses richesses, lorsque les branches d'arbres plient sous le poids des fruits, qu'un jeune esclave lui apporte de ta part une corbeille pleine de ces dons champêtres. Tu pourras dire qu'ils viennent d'une campagne voisine de la ville, bien qu'ils aient été achetés sur la Voie Sacrée. Envoie-lui ou des raisins ou de ces châtaignes qu'aimait Amaryllis ; mais les Amaryllis de nos jours aiment peu les châtaignes. Un envoi de grives ou de colombes lui prouvera que tu ne l'oublies point. Je sais qu'on achète aussi par de semblables prévenances l'espoir d'hériter d'un vieillard sans enfants. Ah ! périssent ceux qui font des présents un si coupable usage !

Dois-je te conseiller de lui envoyer aussi de tendres vers ? Hélas ! les vers ne sont guère en honneur. On en fait l'éloge, mais on veut des dons plus solides. Un Barbare même, pourvu qu'il soit riche, est sûr de plaire. Nous sommes vraiment dans l'âge d'or. C'est avec l'or qu'on obtient les plus grands honneurs ; c'est avec l'or qu'on se rend l'amour favorable. Homère lui-même, vint-il escorté des neuf Muses, s'il se présentait les mains vides, Homère serait mis à la porte. Il y a pourtant quelques femmes instruites ; mais elles sont bien rares ; les autres ne savent rien et veulent paraître savantes. Cependant tu feras, dans tes vers, l'éloge des unes et des autres. Surtout, lecteur habile, fais valoir tes vers, bons ou mauvais, par le charme du débit. Doctes ou ignorantes, peut-être qu'un poème composé en leur honneur fera près d'elles l'effet d'un petit cadeau.

Surtout, quand tu seras décidé à faire quelque

chose que tu croiras utile, tâche d'amener ton amie à te prier de le faire. Si tu as promis la liberté à un de tes esclaves, c'est à elle qu'il devra s'adresser pour l'obtenir ; si tu fais grâce à un autre du châtiment et des fers qu'il a mérités, qu'elle t'ait obligation de cet acte d'indulgence auquel tu étais résolu. Tu en recueilleras l'avantage ; laisse-lui-en l'honneur. Tu n'y perdras rien, et elle se croira tout pouvoir sur toi.

Mais, si tu as à coeur de conserver l'amour de ta maîtresse, fais en sorte qu'elle te croie émerveillé de ses charmes. Est-elle revêtue de la pourpre de Tyr ? vante la pourpre de Tyr. Sa robe est-elle d'un tissu de Cos ? dis que les robes de Cos lui vont à ravir. Est-elle brillante d'or ? dis-lui qu'à tes yeux l'or a moins d'éclat que ses charmes. Si elle endosse les fourrures d'hiver, approuve ces fourrures ; si elle s'offre à tes yeux vêtue d'une légère tunique : «Vous m'enflammez», crieras-tu ; mais prie-la, d'une voix timide, de prendre garde au froid. Si ses cheveux sont séparés avec art sur son front, loue ce genre de coiffure ; s'ils sont frisés avec le fer : «La charmante frisure !» diras-tu. Admire ses bras quand elle danse, sa voix quand elle chante, et quand elle cesse, plains-toi qu'elle ait fini si tôt. Admis à partager sa couche, tu pourras adorer ce qui fait ton bonheur, et, d'une voix tremblante de plaisir, exprimer ton ravissement. Oui, fût-elle plus farouche que l'effrayante Méduse, elle deviendra douce et traitable pour son amant. Surtout sache dissimuler avec adresse et sans qu'elle puisse s'en apercevoir, et que ton visage ne démente point tes paroles. L'artifice est utile lorsqu'il se cache ; s'il se montre, la honte en est le prix ; et, par un juste châtiment, il détruit pour toujours la confiance.

Souvent, vers l'automne, lorsque l'année se montre parée de tous ses charmes, lorsque la grappe vermeille se gonfle d'un jus pourpré, lorsque nous éprouvons tour à tour un froid piquant ou une chaleur accablante, cette inconstance de la température nous jette dans la langueur. Puisse alors ta maîtresse se bien porter ! mais, si quelque indisposition la retenait au lit, si elle ressentait la maligne influence de la saison, c'est alors que doivent éclater ton amour et ton dévouement ; c'est alors qu'il faut semer pour recueillir plus tard une ample moisson. Ne te laisse point rebuter par les soins que réclame sa triste maladie ; que tes mains lui rendent tous les services qu'elle voudra bien accepter ; qu'elle te voie pleurer ; qu'aucune répugnance n'arrête tes baisers, et que ses lèvres desséchées s'humectent de tes larmes. Fais des voeux pour sa santé ; surtout fais-les à haute voix; et, au besoin, sois toujours prêt à lui raconter des rêves d'un heureux présage. Fais venir, pour purifier son lit et sa chambre, quelque vieille femme dont les mains tremblantes porteront le soufre et les oeufs expiatoires. Son âme gardera le souvenir de toutes ces attentions. Que de gens obtiennent par de pareils moyens place dans un testament ! Mais prends garde, par des complaisances trop empressées, de te rendre importun à la malade : ta tendre sollicitude doit avoir des bornes. Ce n'est pas à toi de lui défendre les aliments ou de lui présenter un amer breuvage : laisse ce soin à ton rival.

Mais le vent auquel tu as livré tes voiles en quittant le port n'est plus celui qui te convient quand tu vogues en pleine mer. L'amour est faible à sa naissance ; il se fortifiera par l'habitude. Sache l'alimenter, et avec le temps il deviendra robuste. Ce taureau que tu redoutes aujourd'hui, tu le caressais quand il était jeune ; cet arbre à l'ombrage duquel tu reposes ne fut d'abord qu'un faible scion. Mince filet d'eau à la source, le fleuve s'augmente peu à peu, et, dans son cours, se grossit de mille ruisseaux. Tâche que ta belle s'habitue à toi ; rien n'a plus de force que l'habitude. Pour gagner son coeur, ne recule devant aucun ennui. Que sans cesse elle te voie ; qu'elle n'entende que toi. Le jour, la nuit, sois devant ses yeux. Mais, lorsque tu pourras croire avec plus de confiance qu'elle peut te regretter, alors éloigne-toi, pour que ton absence lui donne quelque inquiétude. Laisse-lui un peu de repos ; le champ qu'on laisse reposer rend avec usure la semence qu'on lui confie, et une terre aride boit avec avidité les eaux du ciel. Tant que Phyllis eut Démophoon près d'elle, elle ne l'aima que faiblement ; dès qu'il eut mis à la voile, sa passion la consuma. L'adroit Ulysse tourmenta Pénélope par son absence, et tes pleurs, ô Laodamie ! appelaient le retour de Protésilas.

Mais pour plus de sûreté, que ton éloignement ne se prolonge pas : le temps affaiblit les regrets. L'amant qu'on ne voit plus est vite oublié : un autre prend sa place. En l'absence de Ménélas, Hélène s'ennuya de sa couche solitaire et alla se réchauffer dans les bras de son hôte. Quelle sottise fut la tienne, Ménélas ! Tu pars seul, laissant sous le même toit ton épouse avec un étranger. Insensé ! c'est livrer la timide colombe à la serre du milan, c'est confier le bercail au loup dévorant ! Non, Hélène ne fut point coupable ; son ravisseur ne fut point criminel. Il fit ce que toi-même ou tout autre eussiez fait à sa place. Tu les forçais à l'adultère en leur laissant et le temps et le lieu. Ne semblais-tu pas toi-même conseiller à ta jeune épouse d'en agir ainsi ? Que fera-t-elle ? Son époux est absent ; près d'elle est un aimable étranger ; elle craint de coucher seule. Que Ménélas en pense ce qu'il voudra : Hélène, selon moi, n'est pas coupable ; elle n'a fait que profiter de la complaisance d'un mari si commode.

Mais le féroce sanglier, dans sa plus grande furie, lorsque ses défenses foudroyantes font rouler au loin les rapides limiers ; la lionne, lorsqu'elle présente sa mamelle aux petits qu'elle allaite ; la vipère que le voyageur a foulée d'un pied distrait, sont moins à craindre que la femme qui a surpris une rivale dans le lit de son époux. Sa fureur se peint sur sa figure ; le fer, la flamme, tout lui est bon ; oubliant toute retenue, elle court, pareille à la Bacchante agitée par le dieu d'Aonie. La barbare Médée vengea sur ses propres enfants le crime de Jason et la violation de la foi conjugale ; cette hirondelle que vous voyez fut aussi une mère dénaturée. Regardez ! sa poitrine est encore teinte de sang. Ainsi se rompent les unions les mieux assorties, les liens les plus solides. Un amant prudent doit craindre d'exciter ces jalouses fureurs.

Ce n'est pas que, censeur rigide, je veuille te condamner à n'avoir qu'une maîtresse : m'en préservent les dieux ! Une femme mariée peut à peine tenir un semblable engagement. Donne-toi de l'amusement, mais couvre d'un voile modeste tes tendres larcins ; il faut se garder d'en tirer vanité. Ne fais point à une femme un présent qu'une autre puisse reconnaître ; change l'heure et le lieu de vos rendez-vous, de peur qu'une d'elles ne te surprenne dans une retraite dont elle connaît le mystère. Quand tu écriras, relis avec soin tes épîtres avant de les envoyer : bien des femmes lisent dans une lettre plus qu'on ne leur dit.

Vénus blessée prend justement les armes, rend trait pour trait à l'agresseur, et lui fait éprouver à son tour le mal qu'il a causé. Tant qu'Atride se contenta de son épouse, elle fut chaste ; l'infidélité de son mari la rendit coupable. Elle avait appris que

Chrysès, le laurier à la main, le front ceint de bandelettes sacrées, avait en vain redemandé sa fille. Elle avait appris, ô Briséis, l'enlèvement qui causa tes chagrins, et par quels honteux retards se prolongeait la guerre. Tout cela, cependant, elle ne l'avait su que par ouï-dire. Mais elle avait vu de ses propres yeux la fille de Priam ; elle avait vu le vainqueur, ô honte ! devenu l'esclave de sa captive. Dès lors la fille de Tyndare ouvrit à Egisthe et son coeur et son lit, et se vengea par un crime du crime de son époux.

Si, quoique bien cachés, tes amours secrets viennent à se découvrir, tout découverts qu'ils sont, ne laisse pas de nier. Ne sois pour cela ni plus soumis, ni plus flatteur que de coutume ; un tel changement est la marque d'un coeur coupable. Mais n'épargne aucun effort, et emploie toute ta vigueur aux combats de l'amour ; la paix est à ce prix ; c'est ainsi que tu pourras nier tes précédents exploits. Il en est qui te conseilleraient de prendre pour stimulants des plantes malfaisantes : la sariette, le poivre mêlé à la graine mordante de l'ortie, ou le pyrèthre jaune infusé dans du vin vieux. A mon avis, ce sont de vrais poisons. La déesse qui habite les collines ombreuses du mont Eryx ne souffre pas pour l'usage de ses plaisirs ces moyens forcés et violents. Tu pourras cependant te servir de l'oignon blanc que nous envoie la ville de Mégare, et de la plante stimulante qui croît dans nos jardins : joins-y des oeufs, du miel de l'Hymette, et ces pommes que porte le pin élancé.

Mais pourquoi, divine Erato, nous égarer dans ces détails de l'art d'Esculape ? Rentrons dans la carrière dont mon char ne doit pas sortir. Tout à l'heure je te conseillais de cacher avec soin tes infidélités ; quitte maintenant cette voie, et, si tu m'en crois, publie tes conquêtes. Garde-toi pourtant de m'accuser d'inconséquence. La nef recourbée n'obéit pas toujours au même vent ; elle court sur les flots, tantôt poussée par l'Aquilon, tantôt par l'Eurus ; le Zéphyr et le Notus enflent tour à tour ses voiles. Vois ce conducteur monté sur son char ; tantôt il laisse flotter les rênes, tantôt il retient d'une main habile ses coursiers trop ardents. Il est des amants que sert mal une timide indulgence : l'amour de leur maîtresse languit si la crainte d'une rivale ne vient le ranimer. Le bonheur souvent nous enivre, et difficilement on le supporte avec constance. Un feu léger s'éteint peu à peu faute d'aliments et disparaît sous la cendre blanchâtre qui couvre sa cime ; mais, à l'aide du soufre, sa flamme assoupie se rallume et jette une clarté nouvelle. Ainsi, lorsque le coeur languit dans une indolente torpeur, il faut, pour le réveiller, employer l'aiguillon de la jalousie. Donne des inquiétudes à ta maîtresse, et réchauffe son coeur refroidi ; qu'elle pâlisse à la preuve de ton inconstance. O quatre, ô mille et mille fois heureux, celui dont la maîtresse gémit de se voir offensée ! A peine la nouvelle de son crime, dont elle voudrait douter encore, a frappé son oreille, elle tombe ; malheureuse ! la couleur et la voix l'abandonnent. Que ne suis-je l'amant dont elle arrache les cheveux dans sa fureur ! que ne suis-je celui dont elle déchire le visage avec ses ongles, dont la vue fait couler ses larmes, qu'elle regarde d'un oeil farouche, sans lequel elle voudrait pouvoir, mais ne peut vivre ! Combien de temps, me diras-tu, dois-je la laisser en proie au désespoir ? Hâte-toi d'y mettre un terme, de peur que sa colère ne s'aigrisse en se prolongeant. Hâte-toi d'entourer de tes bras son cou si blanc et de presser sur ton sein son visage baigné de larmes. A ses pleurs donne des baisers ; à ses pleurs mêle les plaisirs de l'amour. Elle s'apaisera. C'est le seul moyen de fléchir sa colère. Lorsqu'elle se sera bien emportée, lorsque la guerre sera ouvertement déclarée entre vous, demande-lui à signer sur son lit le traité de paix ; elle s'adoucira. C'est là que, sans armes, habite la pacifique Concorde ; c'est là, crois-moi, que naquit le Pardon. Les colombes qui viennent de se battre unissent plus amoureusement leurs becs ; leur roucoulement semble plein de caresses et dit quel est leur amour.

La Nature ne fut d'abord qu'une masse confuse et sans ordre, où gisaient pêle-mêle les cieux, la terre et l'onde. Bientôt le ciel s'éleva au-dessus de la terre, la mer l'entoura d'une liquide ceinture ; et de ce chaos informe sortirent les éléments divers. La forêt se peupla de bêtes fauves, l'air d'oiseaux légers ; les poissons se cachèrent sous les eaux. Alors les hommes erraient dans les campagnes solitaires, et la force était l'unique partage de ces corps grossiers et endurcis. Ils avaient les bois pour demeure, l'herbe pour nourriture, les feuilles pour lit ; et pendant longtemps chacun vécut ignoré de son semblable. La douce volupté amollit, dit-on, ces âmes farouches, en réunissant sur la même couche l'homme et la femme. Ils n'eurent besoin d'aucun maître pour apprendre ce qu'ils avaient à faire. Vénus, sans le secours de l'art, remplit son doux office. L'oiseau a une femelle qu'il aime ; le poisson trouve au milieu des ondes une compagne pour partager ses plaisirs. La biche suit le cerf ; le serpent s'unit au serpent ; le chien s'accouple à la chienne ; la brebis et la génisse se livrent avec joie aux caresses du bélier et du taureau ; le bouc, tout immonde qu'il est, ne rebute point la chèvre lascive. La cavale, en proie aux fureurs de l'amour, franchit, pour rejoindre le cheval, et l'espace et les fleuves mêmes. Courage donc ! emploie ce puissant remède pour calmer le courroux de ta maîtresse ; seul il peut assoupir ses cuisantes douleurs, baume plus efficace que tous les sucs de Machaon. Il saura, si tu as quelques torts, te les faire pardonner.

Tel était le sujet de mes chants quand soudain Apollon m'apparut, et sous ses doigts résonnèrent les cordes d'une lyre d'or ; une branche de laurier était dans sa main ; une couronne de laurier ceignait sa tête. D'un air et d'un ton prophétiques : «Maître dans l'art folâtre d'aimer, me dit-il, hâte-toi de conduire tes disciples dans mon temple. On y lit cette inscription fameuse dans tout l'univers : Mortel, connais-toi toi-même. Celui-là seul qui se connaît suit dans ses amours les préceptes de la sagesse ; seul il sait mesurer ses entreprises à ses forces. Si la nature l'a doué d'un beau visage, qu'il sache en tirer parti ; s'il a une belle peau, qu'il se couche souvent les épaules découvertes ; s'il plaît par son langage, qu'il ne garde point un morne silence. Est-il chanteur habile ? qu'il chante ; joyeux buveur ? qu'il boive. Mais qu'il n'aille pas, orateur bavard ou poète maniaque, interrompre la conversation pour déclamer ou sa prose ou ses vers». Ainsi parla Phébus ; amants, obéissez aux oracles de Phébus. On peut, en toute confiance, croire aux paroles émanées de sa bouche divine.

Mais mon sujet m'appelle. Quiconque aimera prudemment et suivra les préceptes de mon art est sûr de vaincre et d'atteindre le but qu'il se propose. Les sillons ne rendent pas toujours avec usure la semence qu'on leur a confiée ; les vents ne secondent pas toujours le nocher dans sa course incertaine. Peu de plaisirs, beaucoup de peines ; voilà le lot des amants. Qu'ils s'attendent à de dures épreuves. L'Athos a moins de lièvres, l'Hybla moins d'abeilles, l'arbre de Pallas moins d'olives, le rivage de la mer moins de coquillages, que l'Amour n'enfante de douleurs. Les traits qu'il nous lance sont trempés dans le fiel. On te dira peut-être que ta maîtresse est sortie tandis que tu l'aperçois chez elle. N'importe, crois qu'elle est sortie et que tes yeux te trompent. Elle a promis de te recevoir la nuit, et tu trouves sa porte fermée : patience, et couche-toi sur la terre froide et humide. Peut-être même qu'une menteuse servante viendra, d'un air insolent, te dire : «Que veut cet homme qui assiège notre porte ?» Adresse alors des paroles caressantes à ce farouche émissaire, à la porte même, et dépose sur le seuil les roses qui paraient ton front. Si ta maîtresse le permet, accours ; si elle refuse de te voir, retire-toi. Un homme bien appris ne doit jamais se rendre à charge. Voudrais-tu la forcer à dire : «Il n'y a pas moyen d'éviter cet importun» ? Les belles ont souvent des caprices déraisonnables. N'aie pas honte de supporter ses injures, ses coups même, ni de baiser ses pieds délicats.

Mais pourquoi m'arrêter à de si minces détails ? Occupons-nous d'objets plus importants. Je vais chanter de grandes choses. Peuple des amants, porte-moi toute ton attention. Mon entreprise est périlleuse ; mais, sans le péril, où serait le courage ? Le but que mon art se propose n'est pas d'un facile accès. Supporte sans te plaindre un rival, et ton triomphe est assuré, et tu monteras vainqueur au temple du grand Jupiter. Crois-m'en, ce ne sont point là les avis d'un simple mortel, mais des oracles aussi sûrs que ceux de Dodone : c'est le plus sublime précepte de l'art que j'enseigne. Ta maîtresse fait-elle à ton rival des signes d'intelligence ? souffre-le. Lui écrit-elle ? ne touche point à ses tablettes. Laisse-la librement aller et venir où bon lui semble. Tant de maris ont cette complaisance pour leurs épouses légitimes, surtout lorsqu'un doux sommeil vient aider à les tromper ! Pour moi, je l'avouerai, je ne puis atteindre à ce degré de perfection. Qu'y faire ? je ne suis pas à la hauteur de mon art. Quoi ! je verrais un rival faire, moi présent, des signes à ma belle, et je le souffrirais ! et je ne donnerais pas un libre cours à ma colère ! Un jour, il m'en souvient, son mari lui avait donné un baiser ; je me plaignis de ce baiser, tant l'amour est plein d'injustes exigences ! Hélas ! ce défaut m'a nui bien souvent près des femmes ! Plus habile est celui qui permet à d'autres d'aller chez sa maîtresse. Mais le mieux est de tout ignorer. Laisse-la cacher ses infidélités, de peur que l'aveu forcé de ses fautes ne lui apprenne à ne plus rougir. Jeunes amants ! gardez-vous donc de surprendre vos maîtresses ; qu'en vous trompant elles vous croient dupes de leurs belles paroles. Deux amants surpris ne s'en aiment que mieux : dès que leur sort est commun, ils persistent l'un et l'autre dans la faute qui causa leur perte.

Il est une histoire bien connue de l'Olympe entier : c'est celle de Mars et de Vénus pris en flagrant délit par les ruses de Vulcain. Mars, épris d'un fol amour pour Vénus, de terrible guerrier devint amant soumis. Vénus (quelle déesse eut jamais le coeur plus tendre ?), Vénus ne se montra ni novice ni cruelle. Que de fois, dit-on, la folâtre rit avec son amant de la démarche grotesque de son époux, de ses mains durcies par le feu et par les travaux de son art ! Qu'elle était charmante aux yeux de Mars lorsqu'elle contrefaisait le vieux forgeron ! combien ses grâces piquantes relevaient encore sa beauté ! Ils eurent soin d'abord de cacher leur commerce amoureux sous le voile d'un profond mystère, et leur passion coupable fut pleine de réserve et de pudeur. Mais le Soleil (rien n'échappe à ses regards), le Soleil découvrit à Vulcain la conduite de son épouse. Quel fâcheux exemple tu donnes, ô Soleil ! Réclame les faveurs de la déesse ; mets ton silence à ce prix ; elle a de quoi le payer. Vulcain dispose avec art, au-dessus et autour de son lit, des réseaux invisibles à tous les yeux ; puis il feint de partir pour Lemnos. Les deux amants volent au rendez-vous accoutumé ; et tous deux, nus comme l'Amour, sont enveloppés par les perfides réseaux. Vulcain alors convoque les dieux et leur offre en spectacle les amants prisonniers. On dit que Vénus eut peine à retenir ses larmes. Leurs mains ne pouvaient ni couvrir leurs visages, ni voiler leur nudité. Un des spectateurs dit alors d'un ton railleur : «Brave Mars, si tes chaînes te pèsent trop, cède-lesmoi». Enfin, vaincu par les prières de Neptune, Vulcain délivra les deux captifs. Mars se retira en Thrace, Vénus à Paphos. Dis-moi, Vulcain, qu'as-tu gagné à cela ? Naguère ils cachaient leurs amours ; ils s'y livrent maintenant en pleine liberté ; ils ont banni toute honte. Insensé ! tu te reprocheras souvent ta sotte indiscrétion ! On dit même que déjà tu te repens d'avoir écouté ta colère.

Point de pièges ! Je vous l'ai défendu, et Vénus, surprise par son époux, vous défend aussi ces ruses dont elle fut la victime. Ne dressez point d'embûches à votre rival ; ne cherchez point à intercepter les secrets d'une correspondance amoureuse. Laissez ce soin, s'ils jugent à propos de s'en charger, aux maris, dont le feu et l'eau ont consacré les droits légitimes. Quant à moi, je le proclame de nouveau, je ne chante ici que des plaisirs que la loi permet : nous n'associons à nos jeux aucune matrone.

Qui oserait divulguer aux profanes les mystères de Cérès et les rites pieux institués dans la Samothrace ? Il y a peu de mérite à garder le silence qui nous est prescrit ; mais dire ce qu'on doit taire est une faute des plus graves. Oh ! c'est avec justice que Tantale, puni de son indiscrétion, ne peut saisir les fruits suspendus sur sa tête et brûle de soif au milieu des eaux ! Cythérée surtout défend de dévoiler ses mystères. Je vous en avertis, aucun bavard ne doit approcher de ses autels. Si les attributs de son culte ne sont point renfermés dans de mystiques corbeilles ; si l'airain à ses fêtes ne retentit point de coups redoublés ; si elle ouvre son temple à tous, c'est à la condition de ne pas divulguer ses mystères. Vénus elle-même ne quitte jamais son voile sans couvrir d'une pudique main ses charmes secrets. Les troupeaux se livrent en tout lieu, et au conspect de tous, aux ébats de l'amour, et souvent, à cette vue, la jeune fille détourne les yeux ; mais il faut à nos larcins amoureux un secret asile, des portes closes, et nous couvrons de nos vêtements de honteuses nudités. Si nous ne cherchons pas les ténèbres, nous aimons cependant un peu d'obscurité, quelque chose de moins que le grand jour. Ainsi, lorsque la tuile ne protégeait pas encore la race humaine contre le soleil et la pluie, lorsque le chêne lui fournissait et l'abri et la nourriture, ce n'était pas en plein air, mais dans les antres et au fond des bois, qu'on allait goûter les douceurs de l'amour ; tant cette race encore grossière était soigneuse des lois de la pudeur ! Maintenant nous affichons nos exploits nocturnes, et il semble qu'on ne saurait payer trop cher le plaisir de les divulguer. Que dis-je ? N'arrête-t-on pas en tous lieux toutes les jeunes filles, pour pouvoir dire au premier venu : «En voilà encore une que j'ai possédée» ? Et cela pour en avoir toujours quelqu'une à montrer au doigt, pour que chaque femme signalée de la sorte devienne la fable de la ville. Mais ce n'est rien encore. Il est des hommes qui inventent des histoires qu'ils désavoueraient si elles étaient vraies. A les entendre, il n'est point de femme qui leur ait résisté. S'ils ne peuvent toucher à leur personne, ils peuvent du moins attaquer leur honneur ; et, quoique le corps soit resté chaste, la réputation est flétrie. Va maintenant, odieux gardien, ferme la porte sur ta maîtresse ; renferme-la sous cent verrous. Que servent ces précautions en présence du diffamateur qui se targue menteusement de faveurs qu'il n'a pu obtenir ? Pour nous, ne parlons qu'avec réserve de nos amours réels, et tenons nos plaisirs secrets cachés sous un voile impénétrable.

N'allez pas surtout reprocher à une belle ses défauts. Que d'amants se sont bien trouvés de cette utile dissimulation ! Le héros aux pieds ailés, Persée, ne blâma jamais dans Andromède la couleur brune de son teint. Andromaque, d'un commun avis, était d'une taille démesurée ; Hector était le seul qui la trouvât d'une taille moyenne. Accoutume-toi à ce qui te déplaît ; tu t'y feras. L'habitude adoucit bien des choses ; mais l'amour, à son début, s'effarouche d'un rien. Une branche nouvellement greffée, qui commence à se nourrir sous la verte écorce, tombe si le moindre souffle l'ébranle ; mais, si on lui laisse le temps de s'affermir, bientôt elle résiste aux vents, et, branche robuste, enrichit l'arbre qui la porte de ses fruits adoptifs. Le temps efface tout, même les difformités du corps, et ce qui nous parut une imperfection cesse un jour d'en être une. L'odeur qui s'échappe de la dépouille des taureaux blesse d'abord nos narines délicates : elles s'y font à la longue et finissent par la supporter sans dégoût.

Il est d'ailleurs des noms par lesquels on peut pallier les défauts. La femme qui a la peau plus noire que la poix d'Illyrie, dis qu'elle est brune. Est-elle un peu louche ? compare-la à Vénus ; est-elle rousse ? c'est la couleur de Minerve. Celle qui, dans sa maigreur, semble n'avoir qu'un souffle de vie a la taille svelte. Elle est petite : tant mieux ! elle en est plus légère. Sa taille est épaisse : c'est un agréable embonpoint. Déguise ainsi chaque défaut sous le nom de la qualité qui en approche le plus. Ne t'informe jamais de son âge, ni du consulat sous lequel elle est née : laisse le censeur remplir ce rigoureux devoir, surtout si elle n'est plus dans la fleur de la jeunesse, si la belle saison de sa vie est passée, et si déjà elle est réduite à s'arracher des cheveux gris. Jeunes Romains, cet âge, et même un âge plus avancé, n'est pas stérile en plaisirs : c'est un champ qu'il faut ensemencer pour qu'il donne un jour sa moisson. Travaillez, tandis que vos forces et votre jeunesse le permettent ; assez tôt, dans sa marche insensible, viendra la vieillesse caduque. Fendez l'océan avec la rame, ou les sillons avec la charrue ; armez du glaive meurtrier vos mains belliqueuses, ou consacrez aux belles vos efforts, votre vigueur et vos soins. C'est un autre genre de milice, où l'on peut aussi recueillir de riches trophées.

Ajoutez que les femmes déjà sur le retour sont plus savantes dans l'art d'aimer ; elles ont l'expérience, qui seule perfectionne tous les talents. Elles réparent par la toilette les outrages du temps, et parviennent, à force de soins, à déguiser leurs années. Elles sauront à ton gré, par mille attitudes diverses, varier les plaisirs de Vénus : nulle peinture voluptueuse n'offre plus de diversité. Chez elles le plaisir naît sans provocation irritante, ce plaisir le plus doux, celui que partagent à la fois et l'amante et l'amant. Je hais des embrassements dont l'effet n'est pas réciproque ; aussi les caresses d'un adolescent ont-elles pour moi peu d'attrait. Je hais cette femme qui se livre parce qu'elle doit se livrer, et qui, froide au sein du plaisir, songe encore à ses fuseaux. Le plaisir qu'on m'accorde par devoir cesse pour moi d'être un plaisir, et je dispense ma maîtresse de tout devoir envers moi. Qu'il m'est doux d'entendre sa voix émue exprimer la joie qu'elle éprouve, et me prier de ralentir ma course pour prolonger son bonheur ! J'aime à la voir, ivre de volupté, fixer sur moi ses yeux mourants, ou, languissante d'amour, se refuser longtemps à mes caresses !

Mais, ces avantages, la nature ne les accorde pas à la première jeunesse : ils sont réservés à cet âge qui suit le septième lustre. Que d'autres, trop pressés, boivent un vin nouveau ; pour moi, que l'on me verse d'un vieux vin qui date de nos anciens consuls. Ce n'est qu'après un grand nombre d'années que le platane peut lutter contre les ardeurs du soleil, et les prés nouvellement fauchés blessent nos pieds nus. Quoi ! tu pourrais préférer Hermione à Hélène ? et la fille d'Althée l'emporterait sur sa mère ? Si donc tu veux goûter les fruits de l'amour dans leur maturité, tu obtiendras, pour peu que tu persévères, une récompense digne de tes voeux.

Mais déjà le lit complice de leur plaisirs a reçu nos deux amants. Muse, arrête-toi à la porte close de la chambre à coucher ; ils sauront bien, sans toi, trouver les mots usités en pareil cas, et leurs mains dans le lit ne resteront pas oisives. Leurs doigts sauront s'exercer dans ce mystérieux asile où l'Amour aime à lancer ses traits. Ainsi, jadis, près d'Andromaque, en usait le vaillant Hector, dont les talents ne se bornaient pas à briller dans les combats. Ainsi le grand Achille en usait avec sa captive de Lyrnesse, lorsque, las de carnage, il reposait près d'elle sur une couche moelleuse. Briséis, tu te livrais sans crainte aux caresses de ces mains, toujours teintes du sang des Troyens. Ce qu'alors tu aimais le plus, voluptueuse beauté, n'était-ce pas de te sentir pressée par ces mains victorieuses ?

Si tu veux m'en croire, ne te hâte pas trop d'atteindre le terme du plaisir ; mais sache, par d'habiles retards, y arriver doucement. Lorsque tu auras trouvé la place la plus sensible, qu'une sotte pudeur ne vienne pas arrêter ta main. Tu verras alors ses yeux briller d'une tremblante clarté, semblable aux rayons du soleil reflétés par le miroir des ondes. Puis viendront les plaintes mêlées d'un tendre murmure, les doux gémissements, et ses paroles, agaçantes qui stimulent l'amour. Mais, pilote maladroit, ne va pas, déployant trop de voiles, laisser la maîtresse en arrière ; ne souffre pas non plus qu'elle te devance : voguez de concert vers le port. La volupté est au comble lorsque, vaincus par elle, l'amante et l'amant succombent en même temps. Telle doit être la règle de ta conduite, lorsque rien ne te presse et que la crainte ne te force pas d'accélérer tes plaisirs furtifs. Mais, si les retards ne sont pas sans danger, alors, penché sur les avirons, rame de toutes tes forces, et presse de l'éperon les flancs de ton coursier.

Je touche au terme de mon ouvrage. Jeunesse reconnaissante, donne-moi la palme, et ceins mon front du myrte odorant. Autant Podalire s'illustra chez les Grecs dans l'art de guérir, Pyrrhus par sa valeur, Nestor par son éloquence ; autant Calchas fut habile à prédire l'avenir, Télamon à manier les armes, Automédon à conduire un char ; autant j'excelle dans l'art d'aimer. Amants, célébrez votre poète, chantez mes louanges ; que mon nom retentisse dans tout l'univers. Je vous ai donné des armes. Achille en reçut de Vulcain ; par elles il fut vainqueur. Sachez vaincre par les miennes. Et que tout amant qui aura triomphé d'une farouche Amazone avec le glaive qu'il reçut de moi inscrive sur ses trophées :Ovide fut mon maître.

Mais voici qu'à son tour le beau sexe me demande aussi des leçons. C'est à vous, jeunes beautés, que je réserve celles qui vont suivre.

LIVRE III

Je viens d'armer les Grecs contre les Amazones ; il me reste maintenant, Penthésilée, à t'armer contre les Grecs, toi et ta vaillante troupe. Combattez à armes égales, et que la victoire soit au parti que favorisent et la belle Dionée et l'enfant qui, dans son vol, parcourt tout l'univers. Il n'était pas juste de vous exposer sans défense aux attaques d'un ennemi bien armé. Hommes, à ce prix, la victoire serait pour vous un opprobre.

Mais l'un d'entre vous me dira peut-être : «Pourquoi fournir à la vipère de nouveaux venins ? pourquoi livrer le bercail à la louve en furie ?» - Cessez de rejeter sur toutes les femmes le crime de quelques-unes. Que chacune soit jugée selon ses oeuvres. Si le plus jeune des Atrides a droit de se plaindre d'Hélène, si son frère aîné accuse à juste titre Clytemnestre, la soeur d'Hélène, si, par la scélératesse d'Eriphyle, la fille de Talaïon, Amphiaraüs descendit vivant aux enfers sur ses chevaux vivants ; n'est-il pas aussi une Pénélope qui resta chaste loin de son époux, retenu dix années à la guerre de Troie, et, pendant deux autres lustres, errant sur les mers ? Voyez cette Laodamie qui, pour rejoindre son époux au tombeau, meurt à la fleur de l'âge ; cette Alceste qui, par le sacrifice de sa propre vie, arrache au trépas Admète, son époux. «Reçois-moi dans tes bras, cher Capanée, et que nos cendres du moins soient confondues !» Ainsi parlait la fille d'Iphis ; et soudain elle s'élance au milieu du bûcher.

La Vertu est femme et d'habit et de nom. Est-il donc étonnant qu'elle soit favorable à son sexe ? Toutefois ce n'est pas à ces grandes âmes que mon art s'adresse : de moindres voiles suffisent à ma nacelle. Mes leçons n'enseignent que les amours folâtres : je vais apprendre aux femmes l'art de se faire aimer.

La femme ne sait point résister aux feux et aux flèches cruelles de l'Amour, dont les traits, il me semble, pénètrent moins avant dans le coeur de l'homme. L'homme trompe souvent ; la femme est rarement trompeuse. Etudiez ce sexe, vous y trouverez peu de perfides. L'astucieux Jason délaisse Médée, déjà mère, et fait entrer dans son lit une nouvelle épouse. Il ne tint pas à toi, Thésée, qu'Ariane, abandonnée sur des bords inconnus, ne servît de pâture aux oiseaux des mers. Pourquoi Phillys se rendit-elle neuf fois sur le rivage ? Demandez-le aux forêts qui, pleurant sa perte, se dépouillèrent de leur chevelure. Ton hôte, ô Didon, malgré sa réputation de piété, ne te laisse en fuyant qu'un glaive et le désespoir, cause de ta mort. Infortunées, je vais vous apprendre ce qui causa votre perte : vous ne saviez pas aimer. L'art vous manqua, cet art qui perpétue l'amour. Aujourd'hui encore elles l'ignoreraient ; mais Cythérée m'ordonna de l'enseigner aux femmes. Cythérée s'offrit à mes yeux, et me dit : «Que t'ont donc fait les malheureuses femmes pour que tu les livres ainsi, troupeau sans défense, au glaive des hommes armés par toi ? Tu consacras deux chants à les instruire dans ton art ; l'autre sexe, à son tour, réclame tes conseils. Le poète, qui d'abord avait versé l'opprobre sur l'épouse de Ménélas, mieux inspiré, chanta bientôt ses louanges. Si je te connais bien, tu ne voudras pas offenser les belles ; c'est un service qu'elles doivent attendre de toi pendant toute ta vie». Elle dit ; et, de la couronne qui ceignait sa chevelure, détachant une feuille et quelques grains de myrte, elle me les donna. Je sentis, en les prenant, une influence divine : l'air brilla plus pur autour de moi, et ma poitrine fut comme soulagée d'un fardeau.

Tandis que Vénus m'inspire, jeunes beautés,

prêtez l'oreille à mes leçons. La pudeur et les lois vous le permettent ; votre intérêt vous y invite. Songez dès à présent à la vieillesse qui viendra trop tôt, et vous ne perdrez pas un instant. Tandis que vous le pouvez, et que vous en êtes encore à vos années printanières, donnez-vous du bon temps ; comme l'eau s'écoulent les années. Le flot qui fuit ne reviendra plus à sa source ; l'heure une fois passée est passée sans retour. Profitez du bel âge : il s'envole si vite ! Chaque jour est moins beau que celui qui l'a précédé. Dans ces lieux hérissés de broussailles flétries, j'ai vu fleurir la violette ; ce buisson épineux me donna jadis de suaves couronnes. Un temps viendra où toi, qui, jeune aujourd'hui, repousses ton amant, vieille et délaissée, tu grelotteras la nuit dans ton lit solitaire ; alors les amants rivaux, dans leurs querelles nocturnes, ne briseront plus ta porte, et le matin tu n'en trouveras plus le seuil jonché de feuilles de roses. Sitôt, hélas ! notre corps se couvre de rides ! Sitôt s'effacent les couleurs qui brillaient sur un gracieux visage ! Ces cheveux blancs, qui (tu le jures du moins) datent de ton enfance, te couvriront bientôt toute la tête. Le serpent, en quittant sa peau, se dépouille de sa vieillesse, et le cerf, en renouvelant son bois, semble rajeunir ; mais rien ne remplace les avantages que le temps nous enlève. Cueillez donc une fleur qui, si vous ne la cueillez, tombera d'elle-même honteusement flétrie. Le travail de l'enfantement vient en outre abréger la jeunesse : des moissons trop fréquentes épuisent un champ. Ne rougis point, ô Phébé, de tes amours avec Endymion sur le mont Latmos. Déesse aux doigts de roses, Aurore, tu as pu sans honte enlever Céphale. Et, sans parler d'Adonis, que Vénus pleure encore aujourd'hui, n'est-ce pas à l'Amour qu'elle dut la naissance d'Enée et d'Harmonie ? Imitez donc, ô jeunes mortelles, l'exemple que vous offrent ces déesses ; ne refusez point à l'ardeur de vos amants les plaisirs qu'ils sollicitent.

S'ils vous trompent, qu'y perdez-vous ? Tous vos attraits vous restent, et, vous dérobât-on mille faveurs, ils n'en seraient pas même altérés. Le fer, le caillou s'usent, s'amincissent par le frottement ; mais cette partie de vous-mêmes résiste à tout, et vous n'avez point à craindre pour elle les mêmes effets. Un flambeau perd-il sa lumière en la communiquant à un autre flambeau ? Doit-on craindre de puiser de l'eau dans le vaste Océan ? «Il ne faut pas, dites-vous, qu'une femme se donne ainsi à un homme». - Qu'y perd-elle ? répondez : de l'eau qu'elle peut puiser encore à pleine source. Non, ma voix ne vous conseille pas de vous prostituer ; mais elle vous défend de redouter une perte imaginaire : de semblables dons ne peuvent vous appauvrir.

Mais je suis encore au port. Une brise légère suffit pour me pousser au large ; bientôt, en pleine mer, je voguerai par un vent plus fort.

Parlons d'abord de la parure. C'est par les soins qu'on prend de la vigne qu'on obtient une bonne vendange ; une terre bien cultivée donne une abondante moisson. La beauté est un présent des dieux ; mais combien peu de femmes peuvent s'enorgueillir de leur beauté ! La plupart d'entre vous n'ont pas reçu du Ciel cette faveur. Les soins de la parure vous embelliront ; mais, faute de soins, le plus beau visage perd tout son éclat, fût-il comparable à celui de la déesse d'Idalie. Si les belles de l'antiquité ne soignaient guère leur personne, c'est que leurs maris étaient aussi négligés qu'elles. Andromaque n'était vêtue que d'une tunique flottante. Doit-on s'en étonner ? son époux n'était qu'un soldat grossier. L'épouse d'Ajax se serait-elle offerte richement parée à ce guerrier dont l'armure avait pour ornement sept peaux de boeufs ?

Chez nos ancêtres régnait une simplicité rustique ; maintenant, resplendissante d'or, Rome possède les immenses richesses de l'univers qu'elle a dompté. Voyez le Capitole. Comparez ce qu'il est présentement à ce qu'il fut jadis : on le dirait consacré à un autre Jupiter. Le palais du Sénat, digne aujourd'hui de cette auguste assemblée, n'était, sous le règne de Tatius, qu'une simple chaumière. Ces brillants édifices élevés en l'honneur d'Apollon et de nos illustres généraux, qu'était-ce autrefois ? un pâturage pour les boeufs de labour. Que d'autres vantent le passé ; pour moi, je me félicite d'être né dans ce siècle. Il convient mieux à mes goûts, non parce que, de nos jours, on va chercher l'or dans les entrailles de la terre et qu'on fait venir la pourpre des rivages les plus éloignés ; non parce que nous voyons décroître les montagnes que l'on creuse sans cesse pour en tirer du marbre ; non parce que des môles énormes repoussent au loin les flots de la mer ; mais parce que la parure est en honneur, et que cette rusticité, qui survécut longtemps à nos premiers aïeux, n'a pas duré jusqu'à nous.

N'allez pas toutefois charger vos oreilles de ces perles somptueuses que l'Indien basané recueille sur ses verts rivages. Ne portez pas ces brocards tout pesants d'or qui gêneraient votre démarche : tout ce faste que vous étalez pour nous séduire produit souvent un effet contraire. Une élégante propreté nous plaît bien davantage. Que votre coiffure ne soit jamais négligée ; sa grâce dépend du plus ou moins d'adresse des mains qui président à ce soin. Il est mille manières de la disposer. Que chacune choisisse celle qui lui convient le mieux. Elle doit avant tout consulter son miroir. Un visage allongé demande des cheveux simplement séparés sur le front. Telle était la coiffure de Laodamie. Un noeud léger sur le sommet de la tête, et qui laisse les oreilles découvertes, sied mieux aux figures arrondies. Celle-ci laissera tomber ses cheveux sur l'une et l'autre épaules ; tel est Apollon, lorsque sa main saisit sa lyre mélodieuse. Cette autre doit en relever les tresses, à la manière de Diane, lorsqu'elle poursuit les bêtes fauves dans les forêts. L'une nous charme par les boucles flottantes de sa chevelure ; l'autre par une coiffure aplatie et serrée sur les tempes. L'une se plaît à orner ses cheveux d'une écaille brillante, l'autre à donner aux siens les ondulations des flots. On compterait les glands d'un vaste chêne, les abeilles de l'Hybla, les bêtes fauves qui peuplent les Alpes, plutôt que le nombre infini de parures et de modes nouvelles que chaque jour voit éclore. Une coiffure négligée sied à plus d'une femme. On la croirait de la veille ; elle vient d'être ajustée à l'instant même. L'art doit imiter le hasard. Telle Iole s'offrit aux regards d'Hercule, lorsqu'il la vit, pour la première fois dans une ville prise d'assaut : «Je l'aime !» dit-il aussitôt. Telle était Ariane, abandonnée sur le rivage de Naxos, lorsque Bacchus l'enleva sur son char, aux acclamations des Satyres qui criaient : Evoé !

Femmes, combien la nature secourable à vos charmes vous fournit de moyens pour réparer l'outrage du temps ! Quant à nous, il nous est impossible de le cacher ; nos cheveux enlevés par l'âge tombent comme les feuilles de l'arbre battu par l'Aquilon. La femme teint ses cheveux blancs avec le suc des herbes de Germanie ; et l'art leur donne une couleur d'emprunt, préférable à leur couleur naturelle. La femme se montre à nos yeux parée de l'épaisse chevelure qu'elle vient d'acheter, et, pour un peu d'argent, les cheveux d'autrui deviennent les siens. Elle ne rougit pas même d'en faire publiquement l'emplette, à la face d'Hercule et des neuf Soeurs.

Que dirai-je des vêtements ? Que m'importent ces riches bordures ou ces tissus de laine deux fois trempés dans la pourpre de Tyr ? Il est tant d'autres couleurs d'un prix moins élevé ! Pourquoi porter sur soi tout son revenu ? Voyez ce bleu azuré, pareil à un ciel pur et dégagé des nuages pluvieux que pousse le vent du midi ; voyez ce jaune d'or, c'est la couleur du bélier qui jadis sauva Phryxus et Hellé des embûches d'Ino ; ce vert a reçu son nom de l'eau qu'il imite : je croirais volontiers que c'est là le vêtement des Naïades. Cette teinte ressemble au safran ; c'est celle du manteau de l'Aurore, lorsque, humide de rosée, elle attelle ses brillants coursiers. Là vous retrouvez la couleur du myrte de Paphos ; ici l'améthyste pourprée, le rose tendre, la nuance des plumes de la grue de Thrace, ailleurs la couleur de tes châtaignes, ô Amaryllis ! celle de tes amandes, et celle de l'étoffe à laquelle la cire a donné son nom. Autant la terre produit de fleurs nouvelles, lorsque l'hiver paresseux s'éloigne, et que sous la tiède haleine du printemps la vigne se couvre de bourgeons, autant et plus encore la laine reçoit de teintures variées. Choisissez avec goût ; car les couleurs ne conviennent pas également toutes à toutes. Le noir sied à la blonde : il embellissait Briséis ; elle était vêtue de noir, lorsqu'elle fut enlevée. Le blanc convient aux brunes ; le blanc, ô Andromède ! te rendait plus charmante, et c'était la couleur de ta parure, lorsque tu descendis dans l'île de Sériphe.

J'allais presque vous avertir de prendre garde que vos aisselles n'offensent l'odorat, et que vos jambes velues ne se hérissent de poils. Mais ce n'est point aux filles grossières du Caucase que s'adressent mes leçons, ni à celles qui boivent les eaux du Caïque. A quoi bon vous recommander de ne point laisser par négligence noircir l'émail de vos dents, et de laver tous les matins votre bouche avec une eau limpide ? Vous savez emprunter à la céruse sa blancheur artificielle, et au carmin les couleurs que la nature vous a refusées. Votre art sait encore remplir les lacunes d'un sourcil trop peu marqué, et voiler, au moyen d'un cosmétique, les traces trop véridiques de l'âge. Vous ne craignez pas d'animer l'éclat de vos yeux avec une cendre fine, ou avec le safran qui croît sur les rives du Cydnus. J'ai parlé des moyens de réparer la beauté, dans un ouvrage peu volumineux, mais d'une grande importance par le soin que j'ai donné à tous ces détails. Cherchez-y les secours dont vous avez besoin, jeunes femmes peu favorisées de la nature. Ma Muse n'est point pour vous avare de conseils utiles.

Il ne faut pas toutefois que votre amant vous

surprenne entourée des petites boîtes qui servent à ces apprêts. Que l'art vous embellisse sans se montrer. Qui de nous pourrait, sans dégoût, voir le fard qui enduit votre visage tomber entraîné par son poids, et couler sur votre sein ? Que dirai-je de l'odeur nauséabonde de l'oesype, quoiqu'on tire d'Athènes ce suc huileux, extrait de l'immonde toison des brebis ? Je vous blâmerais aussi d'employer la moelle de cerf, ou de nettoyer vos dents en présence de témoins. Tout cela, je le sais, fera briller vos charmes ; mais la vue n'en est pas moins désagréable : que de choses nous choquent quand nous les voyons faire, et nous plaisent quand elles sont faites ! Ces statues, chefs-d'oeuvre du laborieux Myron, ne furent jadis qu'un bloc inutile, qu'une masse informe. Il faut battre l'or pour en faire un anneau ; les étoffes que vous portez ont été une laine malpropre. Ce marbre fut d'abord une pierre brute ; maintenant, statue fameuse, c'est Vénus toute nue, exprimant l'eau de ses cheveux humides. Ainsi, laissez-nous croire que vous dormez encore, lorsque vous travaillez à votre toilette : vous paraîtrez avec plus d'avantage, lorsque vous y aurez mis la dernière main. Pourquoi saurais-je à quelle cause est due la blancheur de votre teint ? Fermez la porte de votre chambre, et ne me montrez pas un ouvrage imparfait. Il est une foule de choses que les hommes doivent ignorer ; la plupart de ces apprêts nous choqueront, si vous ne les dérobez à nos yeux. Voyez ces décors brillants qui ornent la scène. Examinés de près, ce n'est qu'un bois recouvert d'une mince feuille d'or. Mais on ne permet aux spectateurs d'en approcher que lorsqu'ils sont achevés : ainsi ce n'est qu'en l'absence des hommes que vous devez préparer vos attraits factices.

Je ne vous défends point cependant de faire peigner vos cheveux devant nous ; j'aime à les voir tomber en tresses flottantes sur vos épaules. Mais gardez-vous alors de toute humeur chagrine, et ne retouchez pas trop souvent à vos boucles. Que la coiffeuse n'ait rien à craindre de vous. Je hais ces mégères qui lui déchirent la figure avec leurs ongles ou qui lui enfoncent des aiguilles dans les bras. Elle dévoue aux dieux infernaux la tête de sa maîtresse qu'elle tient entre ses mains, et trempe à la fois de sang et de larmes cette odieuse chevelure. Toute femme qui a peu de cheveux doit mettre une sentinelle à sa porte ou se faire toujours coiffer dans le temple de la Bonne Déesse. Un jour, on annonce à une belle mon arrivée subite. Dans son trouble, elle met à l'envers sa chevelure postiche. Puisse un si honteux affront n'arriver qu'à nos ennemis ! Puisse tant d'opprobre n'être réservé qu'aux filles du Parthe ! Un animal mutilé, un champ sans verdure, un arbre sans feuilles, sont choses hideuses ; une tête chauve ne l'est pas moins.

Ce n'est pas à vous, Sémélé ou Léda, que

s'adressent mes leçons, ni à toi, belle Sidonienne, qu'un taureau mensonger emporta au-delà des mers, ni à cette Hélène que tu réclamas avec raison, ô Ménélas ! et qu'avec raison aussi, toi, ravisseur troyen, tu refusas de rendre. La foule de mes élèves se compose de belles et de laides ; et ces dernières sont toujours en plus grand nombre. Les belles ont moins besoin des secours de l'art, et font moins de cas de ses préceptes : elles ont le privilège d'une beauté qui ne doit point à l'art sa puissance. Lorsque la mer est calme, le pilote se repose en toute sécurité ; est-elle gonflée par l'orage, il ne quitte plus le gouvernail.

Cependant il est peu de visages sans défauts : cachez ces défauts avec soin ; et, autant que possible, dissimulez les imperfections de votre corps. Si vous êtes petite, asseyez-vous, de peur qu'étant debout on ne vous croie assise ; si vous êtes naine, étendez-vous sur votre lit ; et, ainsi couchée, pour qu'on ne puisse pas mesurer votre taille, jetez sur vos pieds une robe qui les cache. Trop mince, habillez-vous d'étoffes épaisses, et qu'un large manteau flotte sur vos épaules. Pâle, teignez votre peau d'un vermillon pourpré ; brune, ayez recours au poisson de Pharos. Qu'un pied difforme se cache sous une blanche chaussure ; qu'une jambe trop sèche ne se montre que maintenue dans ses liens. De minces coussinets corrigent heureusement l'inégalité des épaules. Entourez d'une écharpe une gorge qui a trop d'ampleur. Faites peu de gestes en parlant, si vos doigts sont trop gros et vos ongles trop raboteux.

Celle qui a l'haleine forte doit ne jamais parler à jeun, et se tenir toujours à distance de l'homme qui l'écoute. Celle qui a les dents noires, ou trop longues, ou mal rangées, peut en riant se faire beaucoup de tort. Qui pourrait le croire ? les belles apprennent aussi à rire, et cet art leur donne un charme de plus. N'ouvrez que peu la bouche ; que sur vos deux joues se creusent deux petites fossettes, et que la lèvre d'en bas couvre l'extrémité des dents supérieures. Evitez un rire excessif et trop fréquent ; qu'au contraire, votre rire ait je ne sais quoi de doux et de féminin qu'on ait du plaisir à entendre. Il est des femmes qui ne peuvent rire sans se tordre hideusement la bouche ; d'autres veulent témoigner leur joie, et vous diriez qu'elles pleurent ; d'autres enfin choquent l'oreille par des sons rauques et désagréables ; on croirait entendre braire une ânesse qui tourne la meule.

Où l'art n'entre-t-il pas ? Les femmes apprennent aussi à pleurer avec grâce, à pleurer quand elles veulent, et comme elles veulent. Que dirai-je de celles qui retranchent d'un mot une lettre indispensable, et forcent leur langue à bégayer en le prononçant ? Ce vice de prononciation devient en elles un agrément ; aussi s'exercent-elles à parler moins bien qu'elles ne le pourraient. Ce sont des minuties ;

mais puisqu'elles sont utiles, étudiez-les avec soin. Apprenez aussi à marcher comme il convient à une femme. Il est dans la démarche une grâce qui n'est point à dédaigner ; par là une femme attire ou éloigne les amants. L'une, par un mouvement de hanche étudié, fait flotter sa robe au gré des vents, et s'avance d'un pas majestueux ; l'autre, imitant la rubiconde épouse d'un paysan ombrien, se promène en faisant de grandes enjambées. Mais, en cela, comme en bien d'autres occasions, il est une mesure à garder. L'une a dans sa démarche quelque chose de trop rustique, l'autre trop de mollesse et de prétention. Du reste, vous ferez bien de laisser à découvert l'extrémité de l'épaule et la partie supérieure du bras gauche. Cela sied surtout aux femmes qui ont la peau très blanche ; enflammé par cette vue, je voudrais couvrir de baisers tout ce qui s'offre à mes regards.

Les Sirènes étaient des monstres marins qui, par leur voix mélodieuse, arrêtaient les vaisseaux dans leur course. Ulysse, en les entendant, fut sur le point de rompre les liens qui l'attachaient, tandis que ses compagnons, grâce à la cire qui bouchait leurs oreilles, étaient à l'abri de la séduction. C'est une chose charmante qu'un chant agréable. Femmes, apprenez donc à chanter ; il en est plus d'une à qui la beauté de sa voix a tenu lieu d'attraits. Tantôt répétez les airs que vous avez entendus au théâtre, tantôt des chants légers sur un rythme égyptien. La femme qui veut plaire doit savoir tenir son archet de la main droite, et sa harpe de la main gauche. Le chantre de la Thrace, Orphée, sut émouvoir par les sons de sa lyre et les rochers, et les monstres sauvages, et l'Achéron, et le chien à la triple tête. Et toi, légitime vengeur de l'affront fait à ta mère, Amphion, n'a-t-on pas vu les pierres, dociles à ta voix, s'élever d'elles-mêmes en murailles ? Qui ne connaît les prodiges de la lyre d'Arion ? quoique muet, un poisson fut sensible à ses chants. Apprenez aussi à faire vibrer de l'une et de l'autre main les cordes du psaltérion : cet instrument est propice aux plaisirs de l'amour.

Vous apprendrez aussi les vers de Callimaque, ceux du chantre de Cos, et ceux du vieillard de Téos, ami du vin. Sachez Sapho par coeur : est-il rien de plus voluptueux que ses poésies ? N'oubliez pas ce poète qui nous représente un père dupé par les artifices du fourbe Géta. Vous pouvez lire aussi les vers du tendre Properce, ou ceux de mon cher Tibulle, ou quelques passages de Gallus, ou le poème que Varron a composé sur cette Toison d'or si fatale à la soeur de Phryxus ; lisez surtout, lisez les voyages du fugitif Enée, le fondateur de la superbe Rome : il n'est point de chef-d'oeuvre dont le Latium se glorifie davantage. Peut-être aussi me sera-t-il permis de mêler mon nom à ces grands noms ; peut-être les eaux du Léthé n'engloutiront pas mes écrits ; peut-être quelqu'un de mes disciples dira : «Lisez ces vers élégants où notre maître instruit à la fois l'un et l'autre sexe ; ou choisissez, dans ces trois livres qu'il intitula les Amours, des passages que vous lirez d'une voix douce et flexible ; ou bien déclamez avec art une de ses Héroïdes, genre d'ouvrage inconnu avant lui, et dont il fut l'inventeur». Ecoutez mes voeux, ô Phébus, et toi, puissant Bacchus, et vous, chastes muses, divinités protectrices des poètes !

Qui peut douter que j'exige dans une jeune beauté le talent de la danse ? Je veux que, déposant la coupe des festins, elle sache mouvoir ses bras en cadence au son des instruments. Les danseurs habiles font au théâtre les délices des spectateurs ; tant cette légèreté gracieuse a de charmes pour nous !

J'ai honte d'entrer dans de si petits détails ; mais je veux que mon élève sache jeter les dés avec adresse, et calculer l'impulsion qu'elle leur donne en les lançant sur la table ; qu'elle sache tantôt amener le nombre trois, tantôt deviner à propos le côté qu'il faut adopter et qu'il faut demander. Je veux qu'elle soit habile et prudente aux échecs : un seul pion contre deux doit succomber ; un roi qui combat, séparé de sa reine, s'expose à être pris, et son rival est souvent forcé de revenir sur ses pas. Lorsque la balle arrondie va rebondir sur de larges raquettes, ne touchez qu'à celle que vous voulez lancer. Il est un autre jeu, divisé en autant de cases qu'il y a de mois dans l'année ; la table contient trois pièces de chaque côté : pour gagner, il faut les ranger toutes les trois sur la même ligne. Apprenez mille jeux divers : il est honteux pour une jeune femme de ne savoir pas jouer ; car souvent l'amour vient en jouant.

Mais c'est un faible mérite que de conduire habilement son jeu ; le grand point est de rester maître de soi-même. Parfois, trop peu sur nos gardes, et entraînés par la chaleur du jeu, nous nous oublions, et nous montrons à nu le fond de notre coeur. La colère et l'amour du gain, ces vices honteux, s'emparent de nous ; de là naissent les querelles, les rixes, et les regrets amers. On s'invective. L'air retentit de cris furieux ; et chacun tour à tour invoque en sa faveur les dieux irrités. Plus de confiance entre les joueurs ; on demande que les instruments du jeu soient changés ; souvent même j'ai vu les visages se baigner de larmes. Puisse Jupiter vous préserver de ces coupables transports, ô femmes, qui mettez quelque prix à nous plaire !

Tels sont les jeux que la nature permet à votre faiblesse. Elle ouvre à l'homme une plus vaste carrière. A lui la paume, le javelot, le disque, les armes, et le manège qui force un cheval à tourner sur lui-même. Ce n'est pas à vous de supporter les travaux du Champ de Mars, ni de vous exercer à la natation dans l'onde glacée de la fontaine Virginale, ou dans les flots paisibles du Tibre. Mais il vous est permis, il vous est utile de vous promener à l'ombre du Portique de Pompée, lorsque les coursiers brillants du Soleil entrent dans le signe de la Vierge. Visitez le temple consacré à Phébus, à ce dieu ceint de lauriers, qui, au combat d'Actium, submergea la flotte égyptienne ; ou bien ces monuments qu'ont élevés la soeur et l'épouse d'Auguste, et son gendre, décoré de la couronne navale. Visitez les autels où brille l'encens offert à la génisse de Memphis ; visitez nos trois théâtres, lieux si favorables pour se faire voir ; fréquentez cette arène tiède encore d'un sang nouveau, et cette borne autour de laquelle circulent les chars aux roues brûlantes.

Ce qui se cache reste ignoré ; et l'on ne désire point ce qu'on ignore. Que sert un beau visage, si personne n'est là pour le voir ? Quand vos chants surpasseraient en douceur ceux de Thamyras et d'Amébée, qui vantera le mérite de votre lyre inconnue ? Si le peintre de Cos, Apelles, n'eût point exposé aux regards l'image de Vénus, la déesse serait encore ensevelie sous les flots de la mer. Où tendent les voeux du poète ? A la renommée ; c'est le prix que nous attendons de nos travaux. Autrefois les poètes étaient les favoris des héros et des rois ; et les choeurs, chez les anciens, obtinrent de grandes récompenses. Le nom de poète avait quelque chose d'imposant et de vénérable ; et à ce respect se joignaient souvent d'abondantes largesses. Ennius, né dans les montagnes de la Calabre, fut jugé digne d'être inhumé près de toi, grand Scipion ! Mais maintenant, le lierre poétique gît sans honneur, et les veilles laborieuses des Muses sont flétries du nom d'oisiveté. Nous aimons toutefois à veiller pour la gloire. Qui jamais eût connu Homère, si l'Iliade, cet immortel chef-d'oeuvre, n'eût pas vu le jour ? Qui jamais eût connu Danaé, si, toujours renfermée, elle eût vieilli cachée dans sa tour ?

Jeunes beautés, vous ferez bien de vous mêler à la foule : portez souvent hors de chez vous vos pas incertains. La louve épie plusieurs brebis pour en prendre une seule ; et l'aigle poursuit plus d'un oiseau dans les airs. Ainsi une belle doit s'offrir en spectacle au public. Dans le nombre, il y a peut-être un amant que ses charmes captiveront. Que partout elle se montre avide de plaire, et qu'elle soit attentive à tout ce qui peut ajouter à ses attraits. Partout le hasard offre ses chances. Que l'hameçon soit toujours tendu ; le poisson viendra y mordre, quand vous y penserez le moins. Souvent les chiens parcourent en vain les bois et les montagnes, et le cerf vient de lui-même se jeter dans les toiles. Qui jamais, moins qu'Andromède, enchaînée sur son rocher, put espérer que ses larmes intéresseraient quelqu'un à son sort ? C'est souvent aux funérailles d'un mari qu'on en trouve un autre. Rien ne sied mieux à une femme que de marcher les cheveux épars, et de donner un libre cours à ses pleurs.

Mais évitez ces hommes qui font étalage de leur

parure et de leur beauté, et qui craignent de déranger l'édifice de leur coiffure. Ce qu'ils vous diront, ils l'ont déjà répété à mille autres avant vous. Leur amour vagabond ne se fixe nulle part. Que peut faire une femme, lorsqu'un homme est plus efféminé qu'elle, et peut-être a plus d'amants ? Ceci va vous paraître incroyable, et pourtant vous devez le croire : Troie serait encore debout, si elle eût profité des avis du vieux Priam. Il est des hommes qui s'insinuent auprès des femmes sous les dehors d'un amour mensonger, et qui, par cette voie, ne cherchent qu'un gain honteux. Ne vous laissez séduire ni par leurs cheveux tout parfumés d'un nard liquide, ni par leur tunique de l'étoffe la plus fine, et dont une étroite ceinture retient les plis artistement arrangés, ni par les nombreux anneaux qui couvrent leurs doigts. Peut-être le mieux paré de ces galants n'est qu'un escroc qui brûle du désir de vous dépouiller de vos riches vêtements. «Rends-moi mon bien !» s'écrient souvent les femmes ainsi trompées ; et le barreau tout entier retentit de ces cris redoublés : «Rends-moi mon bien !» Du haut de tes autels tout resplendissants d'or, Vénus, et vous, déesses dont les temples s'élèvent sur la voie Appienne, vous contemplez ces débats sans en être émues. Parmi ces galants, il en est d'ailleurs dont la mauvaise réputation est si notoire, que les femmes trompées par eux méritent de partager leur opprobre.

Femmes, apprenez par les plaintes d'autrui à vous mettre à l'abri du même sort, et que votre porte ne s'ouvre jamais pour un suborneur. Gardez-vous, filles de Cécrops, de croire aux serments de Thésée : ce n'est pas la première fois qu'il prend les dieux à témoin d'un parjure. Et toi, héritier de la perfidie de Thésée, Démophoon, après avoir trompé Phyllis, quelle confiance peux-tu inspirer ? Femmes, si vos amants vous font de belles promesses, agissez comme eux : s'ils vous font des présents, accordez-leur les faveurs convenues. Elle serait capable d'éteindre les feux éternels de Vesta, d'enlever de ton temple, ô fille d'Inachus ! les choses sacrées, et de présenter à son époux un breuvage où l'aconit mêle ses poisons à ceux de la ciguë, celle qui, après avoir reçu les dons d'un amant, lui refuse les plaisirs auxquels il a droit.

Mais où vais-je m'égarer ? Muse, serre les rênes de tes coursiers, de peur qu'ils ne t'emportent au delà du but. Lorsque votre amant aura sondé le gué par quelques mots tracés sur ses tablettes, et qu'une adroite suivante aura reçu les billets qu'il vous envoie, méditez-les attentivement, pesez-en les expressions, et tâchez de deviner si son amour n'est qu'une feinte ou si ses prières partent d'un coeur vraiment épris. Ne vous hâtez pas trop de lui répondre. L'attente, si elle n'est pas trop prolongée, aiguillonne l'amour. Ne vous montrez pas trop facile aux instances d'un jeune amant, mais pourtant ne rejetez pas durement ses prières. Faites qu'il espère et craigne en même temps, et qu'à chaque refus ses espérances s'accroissent et ses craintes diminuent. Vos réponses doivent être d'un style pur, mais simple et familier : les termes usités sont ceux qui plaisent le plus. Que de fois une lettre alluma dans un coeur un amour jusque-là hésitant et douteux ! Que de fois un langage barbare a détruit les prestiges de la beauté !

Mais vous qui, sans prétendre aux honneurs de la chasteté, voulez cependant tromper vos époux, sans qu'ils s'en doutent, ne faites porter vos tablettes que par une suivante ou un esclave d'une adresse éprouvée ; et ne confiez pas ces preuves de votre tendresse à un amant novice. J'ai vu, pour une semblable imprudence, des jeunes femmes pâlir de terreur, et passer une vie malheureuse dans un esclavage continuel. Il est bien perfide sans doute, celui qui conserve de pareils gages ; mais il tient en main des armes aussi terribles que les foudres de l'Etna. Il est juste, selon moi, d'opposer la fraude à la fraude, comme la loi permet de repousser les armes par les armes. Que la même main s'accoutume à varier son écriture de plusieurs manières. Ah ! périssent les traîtres qui m'obligent à vous donner de semblables conseils ! Il n'est pas prudent non plus de répondre sur les mêmes tablettes, avant d'en avant d'en avoir bien effacé l'écriture, de peur que la cire n'offre la trace de deux mains différentes. Que les lettres écrites par vous à votre amant semblent s'adresser à une femme, et dans vos billets doux dites toujours elle, en parlant de lui.

Mais passons de ces petits détails à de plus graves sujets, et voguons enfin à pleines voiles. Pour conserver la pureté de vos traits, il vous importe de contenir la violence de votre caractère. La douce paix est l'apanage de l'homme, comme la farouche colère est le partage des bêtes féroces. La colère gonfle le visage, grossit les veines d'un sang noir, et allume dans l'oeil tous les feux de la Gorgone : «Loin d'ici, flûte maudite, tu ne mérites pas que je te sacrifie ma beauté», dit Pallas en voyant dans l'onde ses traits défigurés. Et vous aussi, femmes, si vous vous regardiez dans un miroir au milieu d'un accès de colère, pas une de vous ne pourrait alors reconnaître son visage. L'orgueil n'est pas moins nuisible à vos attraits : il faut de doux regards pour captiver l'amour. Croyez-en mon expérience, une hauteur dédaigneuse inspire l'aversion ; et souvent, sans parler, le visage porte avec lui des germes de haine. Regardez qui vous regarde ; souriez doucement à qui vous sourit ; répondez aux signes qu'on vous fait par des signes d'intelligence. C'est ainsi que l'Amour, après avoir préludé avec des flèches émoussées, tire de son carquois des traits aigus. Nous haïssons aussi la tristesse. Qu'Ajax aime sa Tecmesse. Pour nous, troupe joyeuse, c'est la gaîté qui nous séduit dans une femme. Ni vous, Andromaque, ni vous, Tecmesse, jamais je n'eusse désiré d'être votre amant ; et, sans votre fécondité, je ne pourrais croire que vos époux aient goûté dans vos bras les plaisirs de l'amour. Comment une femme aussi triste que Tecmesse eût-elle dit à Ajax : Lumière de ma vie ! et ces douces paroles qui nous charment ?

Qu'il me soit permis d'appliquer à mon art frivole des exemples tirés d'un art plus sérieux, et d'oser le comparer aux manoeuvres d'un général d'armée. Un chef habile confie à un officier la conduite de cent fantassins, à un autre un escadron de cavalerie, à un autre la garde des drapeaux. Et vous aussi, examinez à quoi chacun de nous peut vous être utile, et donnez à chacun l'emploi qui lui convient. Que le riche vous fasse des présents ; que le jurisconsulte vous aide de ses conseils ; que l'avocat éloquent plaide souvent la cause de sa belle cliente. Pour nous qui faisons des vers, nous ne pouvons vous offrir que nos vers ; mais, plus que tous les autres, nous savons aimer, et nous faisons retentir au loin la gloire de la beauté qui sut nous plaire. Némésis et Cynthie ont un nom fameux ; Lycoris est connue du couchant à l'aurore ; et déjà de tous côtés on demande quelle est ma Corinne. Ajoutez que toute perfidie répugne à celui qu'inspire le dieu des vers, et que notre art contribue aussi à polir les moeurs. Ni l'ambition, ni l'amour des richesses ne nous tourmentent ; dédaignant le forum, nous ne recherchons que l'ombre et le repos. Prompts à nous attacher, l'amour nous brûle de son feu le plus vif, et nous aimons, hélas ! avec trop de confiance et de bonne foi. L'art paisible que nous cultivons adoucit notre caractère, et nos habitudes sont conformes à nos travaux. Jeunes beautés, montrez-vous faciles aux voeux des poètes ; un souffle divin les anime, et les muses les favorisent. Oui, un dieu vit en nous, et nous commerçons avec le ciel ; c'est des demeures éthérées que nous vient notre inspiration. Quelle honte d'attendre un salaire des doctes poètes ! mais, hélas ! c'est une honte qu'aucune belle ne redoute.

Femmes, du moins sachez dissimuler, et ne montrez pas d'abord votre cupidité. Craignez qu'un nouvel amant ne vous échappe à la vue du piège qu'on lui tend. Un habile écuyer ne gouverne pas le coursier récemment soumis au frein, comme celui qui a vieilli dans les exercices du manège. Ainsi vous ne captiverez pas un amant dans la verdeur du jeune âge, de la même manière qu'un homme mûri par les années. L'un, soldat novice, qui fait ses premières armes sous l'étendard de l'Amour, et qui, nouvelle proie, vient de tomber dans vos filets, ne doit connaître que vous, ne s'attacher qu'à vous seule ; c'est une plante qu'il faut entourer de haies élevées. Redoutez une rivale ; vous ne conserverez votre conquête qu'autant que vous en jouirez seule ; le pouvoir de l'amour, comme celui des rois, ne souffre point de partage. L'autre, guerrier vétéran, aimera lentement et avec mesure, et endurera bien des choses qu'un nouveau soldat ne pourrait supporter. On ne le verra pas briser vos portes ou les brûler ; ses ongles ne mettront pas en sang les joues délicates de sa maîtresse. Il ne déchirera pas sa tunique ou la robe de celle qu'il aime, et des cheveux arrachés ne seront point une cause de larmes. De tels excès ne sont permis qu'aux adolescents, dans la chaleur de l'âge et de l'amour. Mais lui, il supportera patiemment les plus cruelles blessures ; il brûlera d'un feu lent, comme une torche humide ou comme le bois vert qui vient d'être coupé sur le sommet des montagnes. Cet amour est plus sûr ; l'autre est plus actif, mais moins durable : hâtez-vous de cueillir ce fruit éphémère.

Qu'enfin la place se rende à discrétion ; que les portes soient ouvertes à l'ennemi, et qu'il se croie en sûreté au sein même de la trahison. Des faveurs trop facilement accordées sont peu propres à nourrir longtemps l'amour : il faut mêler à ses douces joies quelques refus qui l'irritent. Que votre amant, devant le seuil de votre chambre, s'écrie : «Porte cruelle !» et qu'il emploie tour à tour la prière et la menace. Les aliments trop doux affadissent le palais ; l'amertume réveille notre appétit ; plus d'une barque périt par un vent favorable. Ce qui empêche les maris d'aimer leurs femmes, c'est qu'ils peuvent les voir autant qu'il leur plaît. Fermez donc votre porte, et que votre portier me dise d'un ton rébarbatif : «On n'entre pas !» Ce refus irritera l'amour éconduit.

Quittez, il en est temps, les armes émoussées, pour en prendre de plus acérées, dussé-je voir se tourner contre moi les traits que je vous ai fournis. Que le nouvel amant tombé captif dans vos filets se flatte d'abord d'être seul admis aux plaisirs de votre couche ; que bientôt il craigne un rival ; qu'il se croie réduit à partager avec lui vos faveurs. Sans ces stratagèmes, l'amour vieillit promptement. Jamais un coursier généreux ne vole avec plus de rapidité dans la carrière que lorsqu'il a des rivaux à devancer ou à atteindre. Un affront réveille nos feux assoupis, et moi-même, je l'avoue, je ne saurais aimer si l'on ne me blesse un peu. Mais que votre amant n'ait pas, d'une façon trop évidente, sujet de se plaindre, et que, dans son inquiétude, il se figure qu'il y en a plus qu'il n'en sait. Que la triste vigilance d'un gardien supposé et l'importune jalousie d'un époux trop sévère aiguillonnent sa passion. Un plaisir sans danger est un plaisir moins vif. Fussiez-vous plus libre que Thaïs, supposez des craintes imaginaires. Quand il vous serait plus facile de le faire entrer par la porte, faites-le passer par la fenêtre, et qu'il lise sur votre visage tous les symptômes de l'effroi. Qu'une fine soubrette accoure tout à coup, en s'écriant : «Nous sommes perdus !» Alors, cachez dans quelque coin le jeune homme tremblant. Mais que des plaisirs sans trouble succèdent enfin à ses alarmes, de crainte que vos nuits ne lui semblent achetées trop cher à ce prix.

J'allais passer sous silence les moyens de tromper un mari rusé et un gardien vigilant. Qu'une femme craigne son époux ; qu'elle soit bien gardée. C'est dans l'ordre : ainsi le veulent les lois, l'équité et la pudeur. Mais qu'on vous soumette aussi à cet esclavage, vous que vient d'affranchir le préteur, qui de nous pourrait le souffrir ? Venez à mon école apprendre à tromper. Eussiez-vous autant de surveillants qu'Argus avait d'yeux, vous les duperez tous, si vous en avez la ferme volonté. Un gardien, par exemple, pourra-t-il vous empêcher d'écrire pendant le temps consacré au bain ? empêchera-t-il qu'une suivante, complice de vos amours, ne porte vos billets doux cachés dans son sein, sous une large écharpe ? ne peut-elle pas encore les soustraire aux regards, soit dans la tige de ses brodequins, soit sous la plante de ses pieds ? Mais supposons que votre gardien déjoue toutes ces ruses ; eh bien ! que votre confidente vous offre ses épaules en guise de tablettes, et que son corps devienne une lettre vivante. Des caractères tracés avec du lait qu'on vient de traire sont un moyen assuré de tromper les yeux ; un peu de charbon pulvérisé suffira pour les rendre lisibles. Vous obtiendrez le même service d'un tuyau de lin vert ; et des tablettes dont on ne se défie pas emporteront ces caractères invisibles. Acrisius ne négligea rien pour surveiller Danaé, et pourtant, devenue criminelle, Danaé le fit grand-père. Que peut le gardien d'une femme, quand il y a dans Rome tant de théâtres, quand elle assiste tantôt aux courses de chars, tantôt aux fêtes données en l'honneur de la génisse de Memphis ; quand elle va dans des lieux interdits à ses gardiens ; quand la Bonne Déesse exclut de son temple les hommes, excepté ceux qu'il lui plaît d'y admettre, quand le pauvre surveillant garde les habits de sa jeune maîtresse à la porte de ces bains où se cachent sans crainte des amants inaperçus ? Ne trouvera-t-elle pas, tant qu'elle le voudra, une amie qui, tout en se disant malade, ne laissera pas de lui céder son lit ? Le nom d'adultère donné à une fausse clef n'indique-t-il pas l'usage qu'on en doit faire ? et la porte est-elle la seule voie pour pénétrer chez une belle ? On peut encore endormir la vigilance d'un argus en le faisant boire largement, fût-ce d'un vin récolté sur les coteaux de l'Espagne. Il est aussi des philtres qui procurent un profond sommeil, et qui font peser sur les yeux une nuit aussi épaisse que celle du Léthé. Votre confidente peut encore écarter un odieux Cerbère par l'appât du plaisir, et le retenir longtemps par ses caresses. Mais à quoi bon tant de détours et de conseils minutieux, lorsque le moindre présent suffit pour l'acheter ? Les présents, croyez-moi, séduisent les hommes et les dieux : Jupiter lui-même se laisse fléchir par les offrandes. Que fera donc le sage, lorsque le fou connaît lui-même toute la valeur d'un présent ? Il n'est pas jusqu'au mari qu'un présent ne rende muet. Mais il suffit d'acheter une seule fois l'année le silence de son gardien ; la main qu'il aura tendue une première fois, il sera souvent disposé à la tendre encore.

J'ai déploré naguère, il m'en souvient, qu'il fallût se méfier de ses amis ; ce reproche ne s'adresse pas seulement aux hommes. Si vous êtes trop confiantes, d'autres goûteront les plaisirs qui vous étaient dus, et le lièvre que vous aurez levé ira se prendre dans les filets d'autrui. Cette officieuse amie, qui vous prête et sa chambre et son lit, s'y est trouvée plus d'une fois en tête-à-tête avec votre amant. N'ayez pas non plus de servantes trop jolies ; plus d'une a pris auprès de moi la place de sa maîtresse.

Insensé ! où me laissé-je emporter ? Pourquoi offrir aux traits de l'ennemi ma poitrine découverte ? Pourquoi me trahir moi-même ? L'oiseau n'enseigne pas à l'oiseleur les moyens de le prendre : la biche ne dresse pas à la course les chiens, ses ennemis. N'importe ! pourvu que je sois utile, je continuerai à vous donner fidèlement mes leçons, dussé-je armer contre moi de nouvelles Lemniades. Femmes, faites en sorte que nous nous croyions aimés ; rien n'est plus facile ; on croit aisément ce qu'on désire. Jetez sur un jeune homme des regards séduisants ; poussez de profonds soupirs, reprochez-lui de venir trop tard ; ajoutez-y les larmes et le chagrin menteur d'une feinte jalousie, et que vos ongles mêmes déchirent le visage de votre amant. Il sera bientôt persuadé que vous l'adorez, et, touché de vos tourments : «Cette femme, dira-t-il, est folle de moi !» surtout, si c'est un petit-maître qui se plaise à consulter son miroir, et qui se croie capable d'inspirer de l'amour aux déesses elles-mêmes. Mais, quelle que vous soyez, que ses torts envers vous vous émeuvent modérément, et n'allez pas perdre l'esprit au seul nom d'une rivale. Ne soyez pas trop promptement crédule : Procris vous offre un exemple bien sérieux des dangers d'une trop facile crédulité.

Près des coteaux riants et fleuris de l'Hymette est une fontaine sacrée, dont les rives sont bordées d'un vert gazon. Des arbres peu élevés forment à l'entour moins un bois qu'un bocage ; l'arbousier y offre un abri ; le romarin, le laurier et le sombre myrte y répandent leurs parfums ; là, croissent aussi le buis au feuillage épais, la fragile bruyère, l'humble cytise et le pin élancé. Tous ces feuillages divers et le sommet des herbes frémissent, agités par la douce haleine des zéphyrs et par une brise bienfaisante. C'est là que le jeune Céphale, laissant à l'écart sa suite et ses chiens, venait, las des travaux de la chasse, goûter les douceurs du repos : «Brise légère, répétait-il souvent, viens sur mon sein, viens éteindre mes feux !» Quelqu'un l'entendit, et, méchamment officieux, alla répéter à sa craintive épouse ces innocentes paroles. Au nom de cette Brise, qu'elle prend pour une rivale, Procris, dans son saisissement, tombe, muette de douleur. Elle pâlit, comme après la vendange pâlissent les pampres tardifs, blessés par les premiers froids de l'hiver, ou comme ces coings déjà mûrs qui font courber les rameaux sous leur poids, ou comme les fruits du cormier, lorsqu'ils sont encore trop acides pour figurer sur nos tables. Dès qu'elle a repris ses sens, elle déchire les légers vêtements qui couvrent son sein, et ses ongles ensanglantent son visage. Puis soudain, furieuse et les cheveux épars, elle s'élance à travers les campagnes, comme une bacchante en délire. Arrivée près du lieu fatal, elle laisse dans le vallon ses compagnes, et, sans faire entendre le bruit de ses pas, elle pénètre hardiment dans la forêt. Quel est ton dessein, insensée Procris, en te cachant ainsi ? quelle imprudente ardeur anime ton esprit égaré ? Tu crois sans doute voir arriver cette Brise, cette rivale inconnue ; tu penses que tes yeux vont être témoins de l'outrage qui t'est fait. Tantôt tu te repens de ta démarche, car tu ne voudrais pas surprendre les coupables ! tantôt tu t'en applaudis. L'amour livre ton coeur aux plus cruelles incertitudes. Tout excuse ta crédulité : le lieu, le nom, le délateur, et ce fatal penchant qu'ont tous les amants à croire ce qu'ils redoutent.

Dès qu'elle vit l'herbe foulée et marquée d'une

empreinte récente, des battements redoublés agitèrent son coeur ému.

Déjà le soleil, à son midi, avait raccourci les ombres et voyait à une égale distance l'orient et l'occident, lorsque le fils du dieu de Cyllène, Céphale, revint à la forêt, et apaisa dans l'eau d'une source la chaleur qui le brûlait. Cachée près de lui, Procris inquiète l'épie. Elle le voit s'étendre sur l'herbe accoutumée ; elle l'entend s'écrier : «Venez, doux Zéphyrs, viens, Brise légère !» O surprise agréable ! elle reconnaît son erreur, causée par un nom équivoque ; elle recouvre ses esprits ; son visage reprend sa couleur naturelle. Elle se lève, et, voulant s'élancer dans les bras de son époux, elle agite par ce mouvement le feuillage qui l'environne. Céphale, attribuant ce bruit à quelque bête fauve, saisit vivement son arc, et déjà le trait fatal est dans ses mains. Que fais-tu, malheureux ? ce n'est point une bête fauve... Arrête !... Il est trop tard : ton épouse tombe sous le fer lancé par toi : «Hélas ! s'écria-t-elle, tu as percé le coeur d'une amante ! ce coeur toujours blessé par Céphale ! Je meurs avant le temps, mais sans rivale : la terre qui va me couvrir en sera plus légère. Déjà cette Brise qui causa mon erreur emporte mon âme dans les airs. Ah ! je meurs !... Que du moins ta main chérie me ferme les yeux». Céphale désolé soutient dans ses bras sa maîtresse expirante, et arrose de larmes sa cruelle blessure. Enfin l'âme de l'imprudente Procris s'échappe par degrés de son sein, et Céphale, les lèvres collées sur ses lèvres, recueille son dernier soupir.

Mais reprenons notre course, et, pour que notre barque fatiguée touche enfin au port, laissons les exemples et parlons sans détours. Vous attendez sans doute que je vous conduise aux festins, et, à ce sujet, vous désirez encore recevoir mes leçons. Venez-y tard, et ne vous montrez pas avec toutes vos grâces, avant que les flambeaux soient allumés. L'attente plaît à Vénus ; l'attente donne un bien plus grand prix à vos charmes. Fussiez-vous laide, vous paraîtrez belle à des yeux troublés par le vin, et la nuit jettera son voile sur vos imperfections. Prenez les mets du bout des doigts. Savoir manger est aussi un art : gardez que votre main mal essuyée ne laisse de sales empreintes autour de votre bouche. Ne mangez pas chez vous avant le repas ; mais, quand vous serez à table, sachez vous modérer, et mangez un peu moins que vous n'en auriez envie. Si le fils de Priam eût vu Hélène montrer un appétit glouton, il l'eût prise en haine ; il eût dit : «Quel sot enlèvement j'ai fait là !» Il siérait mieux à une jeune femme de se permettre un peu d'excès dans le boire : le fils de Vénus et Bacchus s'accordent assez bien ensemble. Ne buvez cependant qu'autant que peut le supporter votre tête ; conservez l'usage de votre esprit et de vos pieds ; et ne voyez jamais doubles les objets simples de leur nature. C'est un honteux spectacle que celui d'une femme plongée dans l'ivresse ; elle mérite, en cet état, d'être livrée aux caresses du premier venu. Elle ne peut non plus, une fois à table, se livrer sans danger au sommeil. Le sommeil favorise alors des excès qui outragent la pudeur.

J'ai honte de poursuivre ; mais la belle Dionée m'encourage : «Ce que tu rougis d'enseigner, me dit-elle, c'est ce que mon culte a de plus important». Que chaque femme apprenne donc à se connaître, et se présente aux amoureux combats dans l'attitude la plus favorable. La même posture ne convient pas à toutes. Que celle qui brille par les attraits du visage, s'étende sur le dos ; que celle qui s'enorgueillit de sa croupe élégante, en offre à nos yeux toutes les richesses. Mélanion portait sur ses épaules les jambes d'Atalante. Si les vôtres ont la même beauté, placez-les de la même manière. Si vous êtes de petite taille, que votre amant fasse l'office de coursier : jamais Andromaque à la haute stature ne prit cette position avec Hector. Celle qui est remarquable par sa longue taille doit appuyer ses genoux sur le lit, la tête légèrement inclinée. Si vos cuisses ont tout le charme de la jeunesse, si votre gorge est sans défaut, que votre amant, debout, vous voie obliquement étendue devant lui. Ne rougissez pas de délier votre chevelure comme une bacchante thessalienne, et de la laisser flotter éparse sur vos épaules. Si les travaux de Lucine ont sillonné de rides votre flanc, telle que le Parthe agile, combattez en tournant le dos. Vénus a mille manières de prendre ses ébats, mais la plus simple, la moins fatigante pour vous, c'est de rester à demi penchée sur le côté droit.

Jamais les trépieds de Phébus, jamais Jupiter Ammon n'ont rendu d'oracles plus sûrs que les vérités chantées par ma Muse. Si l'art dont j'ai fait une longue étude mérite quelque confiance, croyez-moi, mes leçons ne vous tromperont pas. Femmes, que le plaisir circule jusque dans la moelle de vos os, et que la jouissance soit également partagés entre vous et votre amant ; qu'elle s'exhale en tendres paroles, en doux murmures ; que les propos licencieux aiguillonnent vos doux ébats. Et toi, à qui la nature a refusé le sensation du plaisir, que ta bouche du moins, par un doux mensonge, dise que tu l'éprouves. Malheureuse est la femme chez laquelle reste insensible et engourdi cet organe qui doit procurer à l'un et à l'autre sexe les mêmes voluptés. Mais, lorsque vous feindrez ainsi, n'allez pas vous trahir ; que vos mouvements et vos yeux aident à nous tromper ; que votre voix entrecoupée, que votre respiration haletante, ajoutent à l'illusion. O honte ! la source du plaisir a donc ses secrets et ses mystères !

La femme qui, en sortant des bras de son amant, ose lui demander le prix de ses faveurs, doit s'attendre à voir ses prières mal accueillies.

Gardez-vous de laisser pénétrer dans votre

chambre à coucher une clarté trop vive ; il est dans une belle bien des choses qui gagnent à n'être vues qu'au demi-jour.

J'ai terminé mon galant badinage : dételons, il en est temps, les cygnes qui ont traîné mon char.

Et maintenant, mes belles écolières, comme l'ont fait naguère vos jeunes amants, inscrivez sur vos trophées : Ovide fut notre maître.

Cover Design : Canva.com
ISBN - Ebook : 979-10-299-1161-3
ISBN - Livre relié : 979-10-299-1162-0

www.ingramcontent.com/pod-product-compliance
Lightning Source LLC
LaVergne TN
LVHW101915190826
846094LV00001B/11

9791029911620